隽永小品

年年三好三愿

释证严　著

推动「三好与三愿合一」，即是将三好合一与新春三愿相结合。年年新春三大愿：净化人心，祥和社会，天下无灾难。为达成此三大愿，诚望大众能「三好合一」清净身口意——口说好话以净化人心，时时说好话，就能净化人心；身行好事以祥和社会，日日做好事，社会即祥和；心发好愿以天下无灾，念念发好愿，就能招福致祥，天下无灾难。

观时节。应根机。施教法

天地四时依岁序滋养生长万物，
农夫顺应气候变化照顾农作。
耕田之时，先行筛选良质实心种子，
待其发芽后，把握因缘撒种并殷勤除草，
这就是顺天理——顺应大自然的法则。

耕作要看岁时节气，度人也要观时节因缘；
否则庄稼无法收获，助人也不能成就。

佛菩萨的智慧如日月之光芒普照大地，
于世间度化众生行菩萨道，
是以权巧方便之法来观机逗教，
适应众生根机与社会需要，
善导人人回归清净无染的本性。

欲普遍接引众生，须把握佛陀所觉悟的宇宙
人生真理，以合乎世间常理的叙事方式，
融合现代的人间事相，避免流于格局狭小、
虚幻神话、事理矛盾的情况，才能使人听得懂、
行得通、做得到，而得以改往修来、解脱自在。

——证严上人

上证下严上人

证严上人以其悲天悯人之宗教家胸怀，服膺^上印^下顺导师"为佛教、为众生"之慈示，秉持"佛法生活化，菩萨人间化"之理念，在"内修诚正信实，外行慈悲喜舍"精神贯彻下，渐次开展"慈善、医疗、教育、人文"以及"国际赈灾、骨髓捐赠、环保、社区志工"之"四大志业、八大法印"。事理相融、以浅喻深畅佛本怀，善导大众心存菩萨大爱，落实佛法于生活中，带动付出无求同时感恩之风气，达到"净化人心、祥和社会、天下无灾难"之人间净土目标。

静思法脉丛书

"静思法脉丛书"是为将证严上人开示法语依佛教经典、衲履足迹、人文专题、静思语录、上人全书、随缘开示、童书绘本、思想论述等八大书系结集成书。从计划性、系统性搜集资料、修润文稿以迄于汇整付梓，工程可谓浩大，影响自是深远，诚然是任重道远之笔耕弘法慧业。故有心有缘于此致力世界和平之理想者，不可以不弘毅，立愿以淡泊明志之心，悠游法海；立志以宁静致远之心，潜心留史，全体合和互协荷担使命，圆满个已之修心道业，完成天下之长治久安。

三好三愿合一

佛教有句话："心性周遍，虚彻灵通。"清净本性即佛心，人人的心都可以开阔至与佛同样的境界；只要去除心中杂念、烦恼，清净本性现前，就具足悲智愿力，能周遍十方虚空，大爱天下众生。

一切唯心造，人人都有无限的力量，但这份力量若没有发挥，就仍只是一念心，也就是有心、没有愿。若有心，又有愿力付诸行动，便能成就一切善事。

当初皈依师父印顺导师时，师父教示"为佛教，为众生"，自此对这六字拳拳服膺、依教奉行，成为出家做慈济的本愿。每个人应该都要立志、立愿，唯有爱心加上愿力，力量才会涌现。

因为有愿，所以一切都是"甘愿做，欢喜受"。甘就是甜，愿就是志，为众生付出，虽然不免身体劳累，却是做得满心欢喜。

一九八三年元月，在花莲慈济医院动土前，即立下"三求、三不求"的志愿：一、不求身体健康，只求精神敏睿——若精神敏睿，就能明辨是非、透彻事理，有所为、有所不为；若身体健康而精神涣散，无法看透是非、善恶、对错，所作所为将损人不利己。

人身难得，佛法难闻，既已走上菩萨道，应善加珍惜因缘；然而凡人常因遭遇人事挫折，不能看清人我是非，道心易于退转，如此殊为可惜！因此，不求身体健康，但求精神敏睿，心能是非分明、不受人我是非所转。

二、不求事事如意，只求毅力勇气——人生不如意事十之八九，怎能求得事事如意？做事必然遇到困难，唯有提起毅力、勇气，突破种种难关，人生才有价值。慈济一路走来，可说步步坎坷，若非坚持毅力、勇气，实无今日之慈济。所以，若心血有形，则慈济寸寸之路皆由心血所铺成！

三、不求减轻责任，只求增加力量——人生来世间应怀抱使命感，既然出家志在荷担如来家业，就必定要彻底承担。所以不求减轻责任，但求能够集合众人之力，挑起天下众生担。

"每日对己三求，每年对外三愿"，一九九五年元月更殷切地于春节期间祈求三愿：净化人心、祥和社会、天下无灾难，成为往后年年、月月、日日、时时，恒存的心愿与使命。

要天下无灾难，社会要先祥和；要社会祥和，就要先净化人心。当今人心病态多，导致人祸不断；病态的心，都是因为无明，所以必定要将清流注入这些无明的心中，浇熄烦恼的火焰。其实佛陀的教育，只有一念心；若能将自己心中的恶念全然清除，没有贪、瞋、痴、慢、疑，只存好心和好念，天下自然平安吉祥。

人人自身皆道场，只要人人自净己心，聚合人人的心灵道场，成为合心的道场，天下人合一清净心，就能减少天地间的灾难。

人的一生，在时间、空间、人与人之间不断累积因缘。若是身、口、意清净，说好话则累积口德，做好事即累积身行功德，发好愿就是累积心灵功德；一念动三千世界，若人人都说好话、做好事、发好愿，就能凝聚善缘福业。

要化解纷争，最具体的方法就是力行三好——口说好话、身行好事、心发好愿。从二○○二年十二月份的岁末祝福开始，将三好合一与年年所发的三愿相结合，慈勉慈济人在未来要努力做到"三好与三愿合一"。

口说好话可以净化人心，好话是福、恶言是祸，欲净化人心，就要常说好话，时时祝福自己与别人；身行好事即能祥和社会，社会的生态就在每个人的生活中形成，人人积极做好事，社会自然祥和；心发好愿期能天下无灾难，有心就有福、有愿就有力，心念愿力皆向善，以好心好愿来祈祷，就能消弭众生恶的共业，使天下无灾难。

时间累积一切，小小的孩子也需要时间累积而成长，所以不要轻视每一秒钟的短暂，要把握当下的刹那分秒，殷勤精进，累积福缘。

希望人人好话连年，好事连年，好愿连年，三好连年结好缘；年年都要结好缘，日日、时时、秒秒都要说好话、做好事、发好愿，每一秒钟都要连连用心！若如此，天下就无灾难，社会就能祥和，家家就能平安，人人日日得吉祥！

目　次

口说好话以净化人心

身行好事以祥和社会

心发好愿以天下无灾

口说好话以净化人心

温言软语
内方外圆
肤慰关怀

善加培养慈悲心，调好内在心念，
以温言软语应对进退，
以内刚外柔圆融人事，
以同理心陪伴肤慰；
语默动静之中，
自然流露柔和声色，
并能照顾别人的感受，
所表达出来的言行，
令人见闻即起欢喜心，
故能接引人人同行菩萨道。

第一章

温言软语

以人为镜

　　现今社会最令人担忧的莫过于人云亦云、是非不分，乃至于谩骂风气兴起，大众视骂人为言语自由，形成一股恶性循环。谩骂之风使人无法欣赏他人长处，只看他人的缺点。

　　人事是一面镜子，借助这面镜子，可扪心自问，若自己是被言语所伤的人，是否能用智慧去善解、包容对方的言行；亦要回头省思，说话切莫轻率，以免伤了人心。想想，一句不经意的话，就可能惹来无法预料的烦恼，举手投足焉能不慎！

　　祥和的气氛，有赖于人人都有心调和声色。做事要学会"深度思考"，人难免都有习气、缺点或考虑不周之处，面对批评或指责，应感恩接受并反观自照，细察自己的缺点，有过则改，无过则自勉。

一念间的一句话

在适当时候，往往一句关键性的话，就多了一分成就事情的机会；如果在不适当的时机说话，不仅成事不足，还可能徒增是非和困扰。

因此，如何因人、因事、因地讲话，非常重要。而这都取决于"一念之间"，一定要用心谨慎，也要好好把握。

刚强自障

　　人在面对境界突来时的应对方式，可以看出其人的修养如何。不顺心就发脾气，表示平时的修心功夫还不够，应该更加努力培养温柔宽厚的胸怀，使自己的一言一行都让人如沐春风。

　　唯有心性柔软谦逊，才能时时声色柔和地待人处事。有个方法可以检验自己的心是否谦逊——言行有疏失时，能否坦然地说："对不起，是我错了!"虽然只是简单几个字，许多人却很难说出口。或是不肯承认自己有错，或明知是自己不对，却觉得向人道歉很没面子；这些心态不断累积，会变得愈来愈刚强，愈来愈顽固，就会自我障碍，自损道业。

"我天生如此"是借口

日常生活中，一切言语动作，皆被人看在眼里，印在心里；所以，务须顾好自我形象。

平常待人接物，要声色柔和，守好庄重威仪，莫逞一时之快。如若恶口、妄言、绮语、两舌，只是徒然使自己人格堕落。

人格展现在语默动静中，如为人有诚信，说话令人欢喜、能接受，表示品性好、修养佳；若常在言行间伤人心、造成困扰，就是破坏自我形象。

虽然应对进退之间始终保持和颜悦色并非易事，但是必定要以此为目标来努力修养；在困难处多用心、多自我警惕，切莫以"我天生如此"为借口，而任性妄为。发现自己的缺点，并设法突破，才是成功的人生。

所言所闻皆养分

说话时要用心，自我期许所说的每句话，都是"慧命的养分"；而不要乱倒垃圾，到处散播人我是非，污染别人的心灵。

听到好话能够吸收应用，即成为慧命的养分；听到不好的话能够当作警惕，也可以滋养慧命。所以，说话要用心，听话也要用心；若别人一句无心的话，自己却有心去钻牛角尖，想："你是有意伤害我！"这就是将别人无心的话当作毒素，不断地毒害自己，自造心灵创伤。

和善、不疑

　　心直口快者，要多下一分功夫，多一点柔软与圆融，才不会轻易伤到人；若能态度和善、语调轻柔，所说的每一句话都是真心好话，自然就能让人平心静气地接受建议。

　　而经常觉得被伤害的人，也要多下功夫去除"疑"心，若能以开阔、单纯的心听人说话，并且欢喜、感恩地接受别人的建议，就不会因为多疑而自伤自害。

自我培养好习惯

习气，虽看不见也摸不着，却会显现于言行中，让人感受到；习气好坏不只与自己有关，周围的人同样都会受影响。故云，"做好事不能少我一人，做坏事不能多我一人"。

若与人结好缘，所说的话都觉得有道理；若与人结恶缘，所说的话都容易成是非。因此，要常常自我练习，培养想好意、说好话、做好事的习惯；否则一旦积习愈来愈深，恶言恶语常不经意即脱口而出，在别人心中留下的不好印象就会长长久久，实是得不偿失、后悔莫及。

人人应该尊重己能，莫浪费时间说那些虚而不实的话，须出自真诚，传达爱的能量。

口业四恶

在日常生活中，很容易犯四项口业——恶口、妄语、两舌、绮语。恶口伤人感情，妄语伤己人格，两舌搬弄是非，绮语口蜜腹剑，都会使人与人之间无法和谐。

人我是非由恶口起，一说话就骂人，不但听的人心烦，说的人血气旺盛，心也难以平静；自己造业，自伤也伤人。而且恶口如同诅咒，诅咒别人也诅咒自己，实在很可怕！我们要自我锻炼不恶口，学习以温柔爱语待人，深厚彼此的情谊。

挑拨离间的两舌，不仅自己失德，还使两边的人都深受伤害；或是到处散播谣言，一人吐虚、万人传实，造成社会动乱。又如有人来倾吐对他人的不满，我们应该以爱语做桥梁，化解彼此的嫌隙；莫逞一时口快，将话传开，增加双方的怨恨。

绮语是巧言令色讨好人，心里并无诚意，出口的话却很动听；妄语则是说谎，存心骗人，将无法取信于人。与人相交，要如正人君子，其淡如水；生命不可缺少清水，交情能如水，自己就会被人人所需要，当尽心去付出。

防止造口业的最好方法，是待人以诚。有诚恳心，说话就会声色柔和；心存诚意，就能建立信誉；为人诚实，就不会说谎话，也不会搬弄是非。用诚恳、诚意、诚实的心待人，自然就懂得运用智慧建造爱的桥梁。

和雅有礼的气质

净化人心，首重自我净化、自我修养，从内而外的言语动作都要有"和雅"的气质。

与人相处，声色的表达须恰如其分：面容和善、声音温柔，说话的内容谨慎圆融、不失礼仪，并能顾及他人心情。当知人心微细，粗气的字眼容易伤到人，所以讲话要婉转，不可太直接，这都是"和雅"的关键。

只是口头上说"和"，但彼此对应的态度不友善，相互应答尖酸苛刻，并不是真正的和。必须是眼看得到、耳听得到，一切举止都很温文有礼，才是真的和。

尤其称呼别人时，直接指名道姓是不礼貌的行为。若开口第一句话就能守礼节，接下来的言语自会有分寸。所以，说话从"称呼"开始就要留心，才不会造成人际间的不和谐。

好话好说

人人都有爱心，但习气使然，原本是一句好话，若因声色语调或用词表达不恰当，容易让人听了反而有不好的感受。但也有人出于利己私心，将不好的事说得很好，用甜言蜜语煽动人，这是犯了"绮语"的口业。

道理也要借重语言来沟通，语言能使人心"合"或"离"，所以，学佛者应该用温言软语说有意义的好话，使人心和合。要学习理直气和，好话好说，用柔和的声音态度对人说正确的道理，在人与人之间搭起心灵拱桥，只要心灵互通，就不会生误会、起冲突。

莫让恶缘互障

说话必须用心，莫心直口快，让人起烦恼，而结下恶缘。一旦结恶缘，不只让对方心中有怨有恨，也会形成彼此间的障碍。

唯有与众人结好缘，才有因缘度化人间。所以，要努力照顾好日常生活中的身、口、意，时刻反省——行动上，是否时常帮助人？思想上，是否时常关心人、爱人？言语上，是否时常安人心、让人欢喜？这一切都要用心，才能与人结好缘。

直心是道场

所谓"直心是道场"，是指说话要心无城府，不拐弯抹角，但仍要修饰言语，婉转表达。若说话太直，容易伤害别人，也可能惹来许多不必要的困扰和麻烦。所以讲话应把握"扼要而委婉"的原则，不要伤人。

有人听到一些话，心就难过、打结；其实，不要把那些摸不到、看不到的人我是非，重重压在心里，让自己那么辛苦。过去不知道那些话，过得很欢喜；现在知道了，心就很痛苦，这是不是愚痴呢！

不要拿人我是非给自己压力，也不要将这分压力丢给别人，更不要随便说话刺痛别人的心，让自己不经意的一句话，带给别人烦恼。彼此间不要存有人我是非，才不会让烦恼污染自己的心地。

"是非止于智者"，要将是非化于无形，若有人我是非传来，就用善解心过滤，使是非成为教育。当浊流来到我这里，能够化成清流再流出去，这就是清流回向，此心即是道场。

软实力

美好的团体是汇集众人的美善所成就，彼此相待以和为贵，莫在人与人之间结下难解的心结。

在团体中，见人声色不好，应该从旁劝导，如果劝不过来，是此人自损形象；但若劝导时理直气壮，咄咄逼人，自己也有失修养。

并非态度强势就能领众，行事刚中带柔不急躁，具足柔和而坚韧的"软实力"，才能让人服气，进而能影响带动。

微笑赞叹，最美

人在生疏时，尚能以礼相待，一旦熟不拘礼，失去客气的距离，说话太简化，反而容易出口伤人。常说："脾气、嘴巴不好，心地再好，也不能算是好人。"总说别人不对，事实上是自己不对；是自己和别人过不去，并非别人要与自己过不去。

说话反映起心动念，若是轻声细语，代表内心欢喜，外在形态也会让人感觉很温暖。人类最美的语言是微笑，心平静时，自然会露出笑容；而赞叹别人就是美化自己，时时刻刻记得对方的优点，自然"人和万事兴"。

对"自己人"也要客气

讲话要用心，不能自认心直口快，可以想什么就说什么，若不经思考，极易伤害他人；但听话的人也无须太多心，过度探求某句话的用意，往往会曲解语意，造成误会。与人相处，以简单、善解的心来看待，才不会产生是非。

此外，不论彼此如何熟悉，讲话仍须维持基本礼节。人的习气往往是与一起生活、工作的人，较容易"卡"到，相互计较；若是久久见一次面，反而很有礼貌。

所谓"七分真心，也要有三分客气"，一味认为彼此是"自己人"，有时无心的一句话，也会伤人甚深！所以讲话不要太直率，就算是幽默，语带诙谐，也不可毫不修饰；不分亲疏总是客气地待人处事，自然不会有纷争。

顾虑别人的感受

　　开口动舌、举手投足稍有不慎，都可能伤己害人，因此，说话要很谨慎。不仅说错话会产生不好的影响，即使是好话，如果没有配合好脸色，也会让人误解，所以声色都要注意。

　　有人认为自己很真诚，但若一听到不欢喜的话，不经思考，立刻不友善地回应，双方随即结下恶缘。所以要心存戒慎，顾虑别人的感受，谨慎应答，事事留意，才能与人结好缘。

自爱得人爱

何为自爱的表现？先想想别人对自己是否声色不好？自己与人讲话，对方是否相应不理？若有这些现象，就要自我反省——是否说话不用心而伤了别人的自尊？讲错话、表错情以致伤了人，即是不自爱。

或者总想着："你对我如何，你以为我不知道吗？我就发脾气给你看！"有这种念头和行为的人，也是不自爱。此时的你不可爱，别人当然也不会爱你了。与人合作共事，不要比较、计较，除了谨守本分事之外，更要管理好自己的心，时时包容、善解他人，这才是自爱的人。

莫令"心火燎原"

做人应当有自信，自信来自于能明智地判断，不盲从附和而人云亦云，也不受负面影响而闻声起舞。

是非从自己的内心生起，"说是非者"便是"是非人"。听到有人谈论是非，要自我反省："是否也会谈论他人是非？"并引为警惕。对于人我是非不要太在意，否则会很痛苦；借人事磨练己心，自我警惕，即是将人事当教育。

若看到一些事，心就打结、不快乐，嘴巴叨叨不休，此即"心在是非"，表现于外的声色自然不好。所谓"火烧功德林"，平时勤于播种，也用心耕耘，好不容易长成绿油油的树林，莫令一点小小无明火，即烧光整片功德林。

所以，要好好调伏自己的脾气，学习心胸宽厚，凡事不计较，不论别人说什么，都如如不动，不起怨恨，保持宁静的心态，避免"心火燎原"。

修养声色，以德服人

口说好话，不只是讲好听的话，也要表达出内心的爱，体贴他人的感受。就如"静思语"浅白易懂，不只在口头背诵，更要用以涤心垢、除习气，才是"静思语"真正的价值所在。

无形的真理，必须靠可见的形象与行动来显示。例如：看不到的感恩心，要用听得到、看得到的声与色来表达。所以，树立人品典范，须从柔和声色开始培养。德行靠修养而得，领众者也要以自己的修养、品德而得人心。

正如"四摄法"——布施、爱语、利行、同事，是佛陀教育、摄受众生的四种方法，若以公司为例，主管应以身作则立典范，以爱语与尊重，真正带出人心，否则部属只是听命行事，还是心有不服。

得理不饶人，即已理亏

　　有心做事，要用心思考彼此间如何和合共事。开阔心胸，先去关心别人；调整声色，与人良性沟通。能用心做事虽很好，但要做得不起烦恼，做得皆大欢喜才是德。

　　欲借活动让人心生欢喜，主办的人也要很欢喜。若为事起争执、心有不甘，才刚开始做事就产生对立，如何能成就诸事？看法有异要好好沟通，但过去的事不要一直惦记在心，若心里堆积着垃圾，一沟通就想到过去的事，则永远都"沟不通"。

　　已经沟通好，就要心平气和，不起烦恼；即使自己很有理，但一副"我有理所以我最大"的态度，得理不饶人，其实已经理亏，于德有损。当自己有错，还说自己有理，就真的很没有道理；若是自己有理，仍能谦恭，常说"我错了"，这才是真修行者。

　　同样一句话，恶声恶气或轻声柔语，给人的感觉天差地别。用婉转温和的语气，即使是提出不同的意见，也容易让人听来顺耳而乐意接受；有些人的态度理直气壮，尽管言之有理，也难让人心服。

所以在带领人、教导人时，说话有礼节，态度很谦恭，举止动作让人看得顺眼，自然就得人信任与敬爱。

习惯成自然

修行，是要培养好习气。能学习自我控制不好的习气，久而久之，就会习惯成自然；若是执意不改，就无法与人广结善缘。

有些地方民风较具草根性，虽然真朴直率，却往往气在心里，就直接表现在脸上；有时自觉声色还好，但别人就是无法接受那样的音量与脸色。所以，对于自己的声色要好好修养，对于别人则要包容、善解，才是真正的修行。

丑化形象，给人坏印象

发脾气时，常脑筋混乱、言语粗暴，所以说"生气是短暂的发疯"。有些人动辄发脾气，稍不顺心就忍不下一口气，言行失去分寸，往往使事情变得更糟；或者未深思明辨就将他人言行往坏处想，便容易与人起冲突。

"怒发冲冠"是形容人生气时，头发向上竖立；就好像斗鸡争斗时，全身羽毛竖直。人发脾气时也一样——怒发直立、眉毛倒竖、两眼圆睁、龇牙咧嘴，模样实在不好。或许也有人认为："人难免会生气，只要心地不错，偶尔发发脾气有什么关系？"可是，既然心地不错，何苦丑化自己的形象，又让别人留下不好的印象呢？

以感恩心自我肤慰

逞一时之快而骂人，对人格是一种损伤。动辄骂人的人，伤害的是自己，被骂的人无须计较。若遭辱骂而怀恨于心，是在心地种下恶的种子；反之，若能视为"逆增上缘"，即是给自己修养身心的机会。

当知开口动舌无不是业，所以要养成说好话的习惯，去除随兴说话的习气。所说的话能相互鼓励、彼此成就，就是撒下善的种子；如果说一句话，使人心里不欢喜，就是播下恶的种子。

"人因为还有凡夫习气，难免在无意间犯下过错。"听到不欢喜的话，若能如此善解而不心存芥蒂，以感恩心自我肤慰，处逆处顺都感恩，彼此相处能相安无事，就能转业为福。

冷静应变

　　凡夫心总是反反复复，都有不同的习气。冲动的话一旦说出口，在场的人都听到了，即使当初只是一时气愤并无恶意，却可能被加油添醋地辗转相传，就会造成不好的气氛和影响。

　　当事情发生时，应该先冷静下来莫急着争辩，转个念头静静思维，然后才把话说出口；能够即时冷静、思维、忍让，就不致造成误会，徒增后悔和遗憾。

　　受忍让的一方，不要有"我的脾气就是这样，别人应该要让我"的念头，冲动过后也要善自反省，感恩对方的忍让，赶紧改过。

先认错，息纷争

声色不好，对自己是损失。见他人无礼的行为，应心生怜悯，而不要将不好的形象，重重压在自己心上，自我烦恼。其实，展现恶形恶状与表现出雍容大度，形象不同，大家看在眼里自有评断。

不要认为："都是我在包容你、善解你！"也不要时常抱着"我没有错"的心态，若双方各执己见，永远无法和解。要常说："对不起，是我的错！"能够先认错，争执将消失于无形。

因意见不同起争执，即使知道自己是对的，也要放下身段，向有错的人说对不起，才能停止纷争。

对的人向不对的人说"对不起"，可以放宽心胸、多结好缘，自心不存烦恼；若一定要争个我对你错，对方就算认输，也会怨怨不平，心结难解。能先放低身段向对方道歉，对方自知理亏也会顺势认错，双方心中不存芥蒂，就能和气相处，共同努力付出。

第二章

内方外圆

道在其中

生命来来去去，所依循的是"缘"；人生是幸或不幸，也决定于"缘"。做事不顺，是因为与人结了不好的缘；能与人结好缘，处处都会很顺利，这就是福缘。

为人诚正，人格受人肯定、信任，做事就简单易成；人事都能处理圆满，道理自在其中。所以，懂得做人做事，非常重要。能人事圆融，自然透彻道理；若只懂得理论，遇到人事未必行得通。

能进能退

　　人生如跳恰恰，你进我退、我退你进，要知进退；有时进退互换，有时彼此互让，才能求得人和，工作也才能顺畅进行。彼此共事应学习声色柔和，若声量太大，会使旁人惊疑。与人说话，也要耐心倾听，不要听一半掉头就走，如此亦会伤人心。

　　人人都要修好自己的脾气，培养共事的默契。彼此间是好缘或恶缘，莫不都是"感受的结果"，今日双方的感受不好，明天也难有好的结果，而恶缘就是如此结下。所以要注意自己给人的感受，才能互结好缘。

简单是妙法

爱人者，恒被人爱；感恩者，恒被感恩。若能时刻以如此简单的道理与人相处，彼此互爱，日子就会很好过。太复杂，会惹来满心烦恼；心有烦恼则生是非，无法与人结好缘，反而彼此障碍。

很多时候，只因起心动念造作不善，以致烦恼连年，甚至一生受障碍。人与人之间难免有许多烦恼，能将事情简单化，懂得善解、包容，该做的及时去做，该改的及时去改，平常多往好处想，就能灭烦恼、增智慧；否则空过时日又累积烦恼，就成"业障"了。

最简单的法，常是最妙的法。只要学到"简单""感恩""互爱"，将受用不尽。

此心静寂

凡事应要求自己，而非要求别人；莫将不愉快的经历一直放在心里，否则不仅自己痛苦，对方也会很尴尬。

洁净明亮的镜子映照景物，清清楚楚，但是当镜前的景象消逝，镜面却不会留下任何痕迹。人心应如同此理，平时努力下功夫净化己心，面对人事考验才不会心慌意乱，而事过境迁后，心灵也会平静无痕。如果将过去的不愉快一直放在心上，只是不停折磨自己罢了。

静寂，是一种非常宁静的境界；静是平静，寂是不动。心境静寂，则心清净如湖水，千江有水千江月，境界历历明朗，此即智慧开启。所以日常生活，要以平常心待人处事，恒持心境清朗、平静、如如不动。

利用境界

　　佛经说众生所居住的世界是"娑婆世界"，即"堪忍世界"，意指世间绝无法事事都如意，往往是所求难成，所以要多忍耐，要堪忍。

　　众苦中，有所谓"五蕴炽盛苦"，"色、受、想、行、识"五蕴中，尤以"感受"最苦！不论面对何种境界，心总会生起许多感受，以致情绪起伏不安。面对"感受"，就看自己是否能"善解"；若能善解，则任何境界现前，都能化苦为乐。

　　如果能善用境界，境界也能有益于己。例如大雨来袭，河水淹漫时，有人会利用自家门口的大水来洗涤被单，能利用境界来成就想做的事，就是懂得善解的妙用。

　　能够善解，即使是逆境，也无不是成就我们的境界！心运用得好，对所有人事物，就都能善解而得自在。

清除垃圾档

　　不如意或令人生气的事，积累在心有何用？就如电脑存档太多会死机，必须删除不需要的资料；人我是非既是不必要的垃圾档，也要赶快清除，否则会将人"标记"起来，牢牢记在脑海。既然充满不好的记忆，又如何能真正原谅呢？

　　有时听到某些话语，会感到刺心之痛，心在淌血，但说者却自觉很圆融，并不知道自己伤了人。所以，不要拿别人的错误来惩罚自己，心胸宽大，才能活得很快乐，进而帮助别人也活得自在。

知道要做到

当今科学发达，知识水平普遍提高，许多人虽然满口理论，听来很有道理，但做出来的却很没道理，只是徒然利口辩辞，遇到人事就无法圆融。若只要求别人有道理，自己的行为却不讲道理，表示道理已不住于心。

人人应当精进修养自我，虽然生命无常，有着一段一段的人生，但慧命是长久的、永住不变。慧命就是清净的本性，能好好照顾自己的心，培养爱心多付出，并在心地种下好因好种，如此日日精进，清净身、口、意三业，慧命增长自然水到渠成。

铺棉被

在人群中做事，每个人的见解都不相同，难免受人批评，甚至嫉妒、毁谤。此时，要以宽大柔软的心去化解冲突与敌意，就如将球丢在软绵绵的棉被上，丢得再用力也弹不起来。

面对他人的误解，不要埋怨也不要生气，将"做就对了"视为本分事，即如同在铺棉被。若听到一点声音或看到一点脸色就以牙还牙，这便是在铺铁板，别人丢球过来，会愈弹愈高，这种相处方式，不但对方辛苦，自己也会受伤。时时体贴别人的心情，发挥智慧化解冲突，大家才能和气相处。

世间事难得十全十美，心胸开阔，才经得起任何磨练。世间若无"突破困难"这回事，也就无所谓"成就感"了。正因为要用心解决种种困难，才能成就圆融的智慧！

以圆的方式坚持原则

过于坚持原则的人，往往无法接受别人的意见；当旁人诉说此人种种顽固独断的行径时，应该劝这抱怨的人："要多配合。"而在面对那有原则的人时，也应该劝他："原则固然要把握，但做事须圆融些。"如何在原则之下，也能广纳建言，使人事圆融，这是有必要的。

"原则"是该坚守，但要采取"圆"的方式，多倾听、多沟通，才能人事圆满；若用"尖"的方式，一意孤行，强烈力斥众议，不仅伤到人心，事情也无法顺利进行。如造拱桥，必须两边合力支撑，才能搭成桥梁，使人通行。共事者必须团结一致来做拱桥，不要以"我是领导人"自居，而是抱持"我为人服务"的态度，相互感恩，才能成就整体之美。

身为领导者，在团体中面对不守规矩的人，想要改正其不好的习气，也要以"圆"的方式处理，先向他解释自己的方针是什么，又为何要这样做；

如果当时讲不通，则先退一步，思考何时再进一步劝导，直到对方接受为止。

以圆的方式坚持原则，得理饶人就是圆融；得理不饶人不仅坏事，也显得自己心胸狭窄。自己不对，要勇于承认；别人不对，则要善解与包容，这是心量宽大的表现。日常生活中，要能做到任何话听入心中都是圆的，而不是尖的；能够善解，才能不被伤害，而过得轻安自在。

互护善念

在人群中，要感恩、尊重、爱护他人。与人互动，要运用知足、感恩、善解、包容，否则只是强"忍"，当忍无可忍就会爆发。因此，"克己"很重要，对己能化解贪、瞋、痴的心态，对人才能善解。

人心易变，善念一起，往往马上被恶念排除；但当恶念入心，贪、瞋、痴、慢、疑却常在心中。所以，要借力使力——借重人人爱的力量，在大环境里，照顾彼此的善念。

不争自圆

同处于地球上，人与人之间应该彼此感恩，若能人人合力让人、事、物圆融，不是很好吗？

其实求"圆"很简单，只要有一支好笔，用好手、好心念，一笔即能勾画出一个圆。但人们总是为事理而争，有争执，则事理难圆；若能平心静气地沟通，即能不争自圆。

圆，意喻圆融，也蕴含人们对于圆满之企盼。只要人人和气相处，人圆、事圆，理就圆。其实公道自在人心，用和平的方式去说明、沟通，说通了，理也就圆了，实在不需要争。

打开沟通管道

身体健康就是福，心理健康就是智慧；倘若只有身体健康的福气，而无排除困难的智慧，也难有所成就。

待人处事要提起智慧，莫因"意气作祟"，而打不开沟通的管道。虽然沟通是件辛苦的事，但也要谨守本分，尽量配合别人，而不要心存排拒。应该稳住自己的心，不要心思浮动，遇到障碍时才能突破；否则在此解不开烦恼，到其他地方也是行不通的。

缺乏沟通，就不能把事情办好，而沟通最重要的是"真诚"及"和"；所以，人与人之间不要做表面功夫，要用真诚的心去相处与沟通，以求诸事和顺、成就。

遇事即情绪化，总是意气用事，是最伤人害己的行为，学习缩小自己，平日常怀善解、柔软心，较能圆满人事。也要学习稳重地待人接物，不心生计较，否则烦恼丛生，就浪费了借事练心的因缘。

以心交会

　　人与人之间想要相互了解，必须靠沟通。沟通时，距离不是问题，只要愿意想方设法，路就近了；可惜的是"心路"很长，有时就算比邻而居，也拉不近彼此的心灵。

　　人生本就是你进我退，但处在退让的时候，不是不理睬人，仍要保持对人的礼貌与关怀。人与人之间重在以心交会，使心无距离，不要关紧心门，自我封闭。

培养免疫力

团体中难免人多嘴杂，自己需培养免疫力，不要轻易随境而转。别人无心的一句话，不要当成是中伤，对方也许是关心，并无他意，不要敏感地放在心上。也不要常感委屈，必须使心中恒存"空"的状态——常常心中无事才好。

除非不做事，若要做事，就会有"人磨人"的情况。钻石须经过琢磨，才会璀璨耀眼；人也要互相切磋，才能锻铁成钢。用感恩心面对每一件事、每一个人，就能时时欢喜自在。

磨练真功夫

沟通的态度须平和，面对不好的声色，不只在内心包容对方，态度上也要表现出来。与人沟通虽然辛苦，但也是磨练自己的机会。学习做人做事，不可妄想一步登天，要先经历人事磨练，学习跳脱烦恼，才能获得真功夫。

处在团体之间，人事可以多，但千万不要是非多。不在是非、对错里起烦恼，这是将人事当教育；反之，就是将人事当是非。所谓"三人行必有我师焉"，要明辨是非，学习旁人的优点；对不明道理的人，便用心辅导，期望彼此都能从凡夫到达贤人的境界。

人难以十全十美，必须互相包容。于己，常抱着谦虚受教的心态，向人学习；对人，则珍惜共事的因缘，互相成就。莫让境界影响自己的心，要培养能控制境界的定力，还要抱持不为自己的决心，将人生岁月奉献给众生。

忘掉是非

人生在世，做事的时候认真做，但事情过去了就要放下。为何会起无明？就是因为把事情放在心上反复咀嚼，不肯放下。

对于人我是非，有时是因为彼此不了解而产生误会，此时要把握"简单就是真理"的原则，诚心与对方沟通，切莫将人我是非放在心上。无论对方的声色如何，都当成对事而言，过后就要彼此善解、感恩。

有人能做得很超然，是因人我是非来到面前，很快就忘掉，不起埋怨心，所以心无是非。人人若也学着"忘掉是非"，就能做得心无挂碍，超然解脱。

有时，人难免因一时冲动而口不择言，应该善解他的心态，教大家宽容他的行为，不可煽动情绪，使人互结恶缘。两人之间，即使真是一方对、另一方错，也不要向对的一方强调另一方的错，

这种加油添醋的行为，将离间人的感情，是自造
口业。

　　一言一行不可不慎！其实没有坏人，只不过还
是凡夫心，不免带着一些凡夫习气罢了。所以不
要存心去找别人的缺点，而制造不和的事端。所谓
谣言止于智者，处在人事中，要学会以理智判断是
非，否则人云亦云，徒增困扰。

心眼好，心相佳

　　人人都是凡夫，难免有缺点，若因为看不惯别人的形象，就加以批评，这是自己的"心相"不好，是自己的心眼有毛病，所以印在心里的相都不顺眼。

　　当知一念无明起，就会乌烟瘴气，岂能清净如琉璃？所以，要学习"君子量大"，心境开阔展大爱，则人人都是可以包容之人。用感恩心关怀辅导，可以圆满别人，也可以成长自己。

让人敬爱而非敬畏

　　若被人批评，要先想想自己有没有做错？即使十人中只有两个人给予负面评价，也不可因为已得八分而自满，应反省自己是缺少哪两分而使人不欢喜。

　　放下身段，待人和气，才能广结众生缘。成功者是让人"敬爱"，而不是让人"敬畏"。如果能干却强势，众人不敢接近，如何贴切地帮助人？唯有缩小自己，谦虚仁厚，大家才会乐于接近。

修四法得四德

每天清晨醒来，睁开眼睛，动动手脚，就应该感恩还能自主呼吸、自由动作，能再展开一天的生活，所以每一秒钟都要说感恩。能够感恩，是因为满足于自己的人生，"知足最大富，感恩最大贵"，心无欲念就富足，心存感恩就高贵。生活无欲、知足，天天都会感觉自己很富有。

懂得感恩，就有充分的无私大爱，不但付出无所求，还感恩能有付出的机会。不分社会地位、不分贫富、不论学历，只要有爱心且能付出，就是人见人爱、受人尊重的人间菩萨。

要有知足、感恩心，须先具有善解心。"善解最大智，包容最大慧"，有智慧的人就懂得善解，虽然明辨是非，亦能体谅别人不好的声色是长久累积的习气，不与之计较，而能和乐相处；有智慧的人，既能善解人人皆有习气而不计较，更能以开阔的心胸包容天地众生，以慈悲大爱平等对待每一个人。

想要求得大富大贵、大智大慧，必定要修知足、感恩、善解、包容四法，才能得到富、贵、智、慧四德。

志气用事

　　团体愈大，人愈多，意见自然多，但力量也更大。众人既是有志一同往共同目标前进，就要"志气用事"，兼容并蓄各种想法；而不要意气用事，各执一己之见，否则众人齐聚时，即使不开口，单是喘气，就有很大的声响了。

　　与其改变别人，不如改变自己。彼此应相互尊重，不是要求别人来尊重自己，而是先去尊重别人。团体中，若人人都心存"尊重每个人"的观念，气氛就能祥和。

　　没有人，就无法成事，所以平常即要抱着感恩心，对人包容与善解；不要仅以口说要求别人，应该身体力行去带动。尤其团队中的领导人，千万不可固执己见，应有大将之风，以宽大的心胸包容、鼓励同伴。

　　欲达己，先达人，应常赞叹别人的优点，与人相处先善解，遇有摩擦当及时包容，工作时彼此感恩。若有他人提出更合适的方案，不妨放下己见，以欢喜心接受，恒持平常心付出。

遇境好修行

学佛要从人事中学起，与人相处，若不训练善解的功夫，做人就不会圆融。遇到不顺的境界，须拿出善解的功夫，并从中生出感恩心，才能拥有宽大的心量包容一切人事。

善知识有两种，一是逆增上缘，一是顺境之增上缘。人生有很多阻碍，或来自亲人、环境等种种障碍；遇到障碍时，就看自己以何观念来善解。逆境现前，应感恩这是增进毅力、勇气的好机会，有感恩心，对人对事就能包容。必须自我训练，不论面对何种人，都有"普天之下，没有我不爱的人"的心量；若能如此，则无论处顺、处逆，都能轻安自在。

耕心田

　　人多，难免话就多，如果常常看谁不顺眼，或听到某句话就不高兴，这是没有把自己的心调整好，让心沾染了污垢。要让自己的心保持干净，就要用感恩清除人事污垢。例如听到某某人说自己如何时，要先反省，若有错就赶快改，若是无中生有也要感恩，因为对方在试炼自己的道心，看看是否会因此而发脾气。

　　秉持这样的心态，尽管遇到的事情很多，但心中充满感恩。做得不够，就赶快补充；做过头了，就停一下。懂得谦卑，不膨胀自己，才有空间继续向前精进。其实，智慧是从人事间修得，此即耕心田。

记取美好

曾经历的风雨、坎坷并不重要，那都过去了，只须记取美好的事，在"八识田"中播种欢喜的种子，即是耕耘自心的福田、智慧田。反之，如果种下的都是人事烦恼的杂草，那么来生得再面对这些烦恼，痛苦就难免了。

所以，不论有什么闲言闲语，都要当说者是无心；若将它重重放在心上，常常清算这些陈年旧账，无异是自寻烦恼。要照顾好心田，不要让埋怨、气愤的种子深植于心。

尽管身处人间，离不开是非圈，仍应尽量不让不快乐的事积存于心，要勉励自己做个"是非止于智者"的人——是非到自己面前，要以善解、包容将所有是非化于无形。

以感恩心接受指正

常说"凡事要善解",善解,就是起善念。如自己行为有偏差,受指正就生气,表示心无感恩;若有感恩心,则面对别人的指正,必能欢喜接受。

有时与人发生摩擦和冲突,实际上是自己不对所引起,或是做错事,或是态度不好。但在起冲突的当下,没人会承认自己不对;而究竟谁对谁错,旁观者清,第三者总是比较看得清楚。别人好意来劝告,使我们有改进的机会,应生起一念善,以感恩心接受,就有改过的机会。

对于人我是非能够善解的人,则一切恶缘皆能化解。因为能善解,自然能道歉,愿意说:"的确是我不好,是我做错了,请原谅。"若对方也是有修养的人,便会不计前嫌,与你重修旧好。所以,以感恩心接受指正,就与提出忠告的人结了好缘;能够认错且真诚致歉,也会与起摩擦的人和好如初。

只是观念一转，经历一次人事，反而缔结两分好缘。若无善念起，只一味将过错推给别人，就会两方都得罪；他们若又向别人说起，人我是非即如葛藤般纠缠不休了。

善恶是相对的，善起，恶就灭；恶起，善就灭。所以要好好培养一念善心，有了善心，即使是恶缘，也能够转为善缘。

不生计较

发菩萨心是要做大事，不要为小事而在心里打结。假如任何事都放在心上一直想不开，就会什么事都跨不过去。常为小事烦心，只能当"凡夫"，如何能做"菩萨"？迈向菩萨道业须发无上心广度众生，所以要以开阔的心面对人我是非。想打开心门扩大心量，要先缩小自己。

人事"计较"是如何产生的？别人想膨胀，而自己心量小，所以容易起冲突。若别人心量狭窄，而自己又老是放大自我，也无法走进他人心中。彼此进不了对方的心里，是很折磨人的事。此时应该要放大心量，以一分觉有情，讲菩萨该讲的话。若能如此，就不会时常发生争执而相互障碍。

虽然有人的地方就有是非，但做好事不能做得满心烦恼，若有烦恼，是所谓"修福不修慧"；能做得满心欢喜，则是"心无挂碍，无挂碍故，无有恐怖，远离颠倒梦想"的境界。

人我是非不存于心，就是智慧。不要做心有难关过不去的"苦难众生"，要做一个满心欢喜的"欢喜菩萨"！

无须事事论理

　　清晨时分，太阳升起，看看花草、树木，一片绿意盎然；听听鸟语蛙鸣，那么清澈、有节奏，天地一片调和，这是多么美的境界啊！

　　与人和睦相处，环境适意，心中一片祥和，这是多么幸福的人生。但偏偏很多人不会把握良辰美景，常与人计较，心不知足，所以行为不合规矩，造成不少烦恼。

　　其实，有时候，不计较、不争取，反而得到更多，此即"退一步，海阔天空"。若是凡事要争个理，理说太多，感情就薄了；计较太多，也很伤感情。所以，待人处事，不要事事都论理，能包容就加以包容，如此才能相安无事。

把持自心

虽说社会复杂的环境易使人心受到污染，而产生计较、争斗之颠倒现象。但，心是否受到染著，重点在于自己能否把持得住。

有人生在贫苦家庭中，因为心不平衡，迷失了本性，这是后天环境使他心灵起烦恼；也有人虽生在不好的环境，人生坎坷，但仍很自爱，能把持自心不受污染，甚至运用环境成为推动自己向上的力量，而在日后有很好的成就。

由此，可以肯定人性本是清净，关键在于面对种种境界时，自己必须把持得住。

善用三种"四法"

　　有三种"四法"，可以切实应用——慈、悲、喜、舍；知足、感恩、善解、包容；合心、和气、互爱、协力。

　　"慈、悲、喜、舍"是人人心中的道场，以"知足、感恩、善解、包容"自净其意，于群体中"合心、和气、互爱、协力"，相互培养感情，轻声细语、形色柔和，这个团体才会很和气；人和，则万事兴。

第三章

肤慰关怀

菩萨的责任

　　慈济宗门，是依《无量义经》的教法实行，每一个人都是众生的"不请之师"，只要知道哪里有困难，就自动投入救助、辅导。每个人也是众生的"大良福田"，是"救处、护处、大依止处"，处处"为众生作大导师"，这都是人间菩萨的责任。

　　何处有灾难，人间菩萨会赶往救助，所以是"救处"；救助之后再去肤慰，让人心安，便是"护处"；心安之后又能为人打开心门，指引未来的生活方向，让人有所依靠，所以是"大依止处"，也是"大导师"。

如沐春风

应众生所需而弘传好话，使人闻法入心，也是推动"四摄法"中的"爱语"。以爱语待人者，人人乐于亲近，也易于牵引他人同行菩萨道。

教导别人时，需用好话辅导，让人有如沐春风之感；并学习以种种譬喻的方式安慰，打开他人的心门。轻柔的语言，才能降伏刚强众生；培养"软实力"，须从说话开始练起，随顺众生的根机，用柔善的语言安慰、勉励、教导。恶言恶语不只伤人，更伤害自己的德行，所以要好好培养口德，学习说真实语、柔软语。

温暖的拥抱

遭遇天灾、无常时，人们心灵的苦难，需要及时肤慰。所谓的"肤慰"，是人与人之间温暖的接触，而非站得远远地劝慰；身处无常苦难中，真诚的拥抱与肤慰，能让人心灵有依靠。

然而，也不只是在天灾时才给予关心。又如一个家庭，若有一位成员罹患由不得自己的抑郁、躁郁等等身心疾病，就像一颗不定时炸弹，会让全家人都很辛苦。周遭的人若有能力，平时就要照顾、引导这个家庭，可以带领心理疾病患者投入环保，参与付出助人的行动。

通过团体与环境的力量，净化他的心，获得轻安自在，如此不但改善他的人生，同时改善整个家庭。这也是社区教育，能使社区平安、社会祥和。

抚平心灵灾难

不只大地有土石流，其实人人心中也有土石流。有人为表达自己有修养，平时强忍着怒气，但若无法化解，不断累积，就容易产生躁郁、抑郁症等种种心病，即成了"心灵灾难"。

有人虽非故意，但习气一发作，不好听的话冲口而出，就与人产生摩擦，这也是心灵灾难。或许有人会说："我又没有生气，是他对我生气。"可见对方是被某一句话刺伤，所以心闷、有怒气，此时，可给予关怀肤慰，抚平他心中的伤。

常说"走路要轻，怕地会痛"，同理，说话当然也应谨慎用心，要怕别人的心地会痛。所以，不只听到别人的成就被赞美能随喜，也要训练自己时时主动赞叹别人，常常关怀肤慰，从中学习做好心地的农夫。

力行四摄法

　　佛陀教育我们，语默动静皆可"布施"。口说好话是布施；用柔和悦耳的声音与人交谈，让人闻之欢喜，亦是布施；或是见到有人迷茫痛苦，以冷静的言语，运用佛法开导，使之心安平静，亦是布施。

　　自知有脾气、嘴巴不好的习气，就要用心修正，学会以温和亲切的声色说好话，懂得关心别人，在人群中结好人缘，让人乐于亲近、接受我们的关怀与辅导，所以"爱语"也是布施。

　　同时要鼓励人人用双脚行菩萨道、用双手做好事，真正付诸行动，这是"利行"；人人心中都有爱，但需要有人接引陪伴、凝聚心力而共同投入，就是"同事"。

　　运用"四摄法"，每个人都有造福的机会；并非捐钱才是造福，最重要的是身体力行、调整好自己的心念，并引导身边的人共同做好事。

爱语能疗愈

所谓"心地不好没人知，嘴巴不好最厉害"，虽然心地善良，但讲话太过伶牙俐齿，也会伤人。所以讲话须多用心，除了不出口伤人，对于彷徨烦恼，甚至犯错的人，也要用爱语安抚。

口说好话就是爱语，爱语能拓展生命的宽度，与人广结好缘。有爱的语言，才能抚慰惶恐或空虚的心灵，加强对方的自信心。人与人之间相互尊重，说话轻声细语，听者若是心情烦闷，有时听到这样的"爱语"，烦恼也会烟消云散，心门打开就会欢喜自在。

常闻慈济环保志工原本有抑郁病症，但是投入资源回收后竟不药而愈。其实原因无他，除了专注工作暂忘烦恼，在这个环境中，人人口说好话，以快乐的心情互相带动，自然会让人开心，也是疗愈的好方法。

常说"未成佛前，先结好人缘"，要多用"爱语"来广结善缘，度化人心。

施悲用慈

布施，要"施悲用慈"。

人人都有同体大悲之心，"人伤我痛、人苦我悲"，不忍苍生受苦难，所以付出一分爱心力量，这就是"施悲"；而以和气、祥和、温馨的态度，接近、关怀对方，不只给予有形的物资帮助，也抚慰无形的内心伤痛，这就是"用慈"。

期待所有人能得到永恒的幸福，则要"施悲用慈"以救世。

以法指路

人皆有习气，藉由法水可洗涤习气。法是方法、道理，若讲述真正的道理，有办法开解人的心结，转人的心轮，就是口说好话。倘若不是发自内心的真诚，即使时常将"我感恩你"的话挂在嘴边，也无法让人信服。

一句话能入心，就是指引一条道路，影响深远。一句话说出口，令人心生欢喜，自然也能得到别人的祝福，所以付出其实是得福。故说"有福者时时平安，有慧者日日心宽"，祝福别人就是祝福自己。

共聚学好话

共聚活动时，应该说好话、做好事，彼此之间相互学习、砥砺。若齐聚一堂，只是聊是非，这是造业，即便名为道场，实际上已变成是非场了。

听到旁人说话很有道理，就应学习、效法，不要妄加评断此人"只会说，不会做"。听到一句好话，也许是有名望的人所说，也许是一般人的心得体会，无须多想别人有没有做到，重要的是自己都可以欢喜接纳。

应该常学习别人的好话，听到哪句话很有道理，不妨赶快抄下来，再与其他人分享。如果每个人都抱持这种学习的心情，自然会听到很多好话，并且身体力行做好事，那么当下就会是有道气的道场。

好人常相伴

生活在现代大都会，易因步调快速、竞争激烈，而致心境燠热；好话则如清凉春风，可除心灵的热气。当阵阵春风拂来，去除无明热恼，人人安住善良、平和的心境，就能合力发挥大爱。

人人都有爱心，但若这分爱只藏在心里，有什么用呢？必定要鼓起勇气化为言语和行动，持之以恒付出，只要有人引导、陪伴，慢慢就会带动更多人响应。

当然也要追随好人，常与好人分享好事，天天相互鞭策精进，此谓"坚定追从善友"。说好话需要勇气，做好事需要毅力。好话、好人常相伴，有善知识彼此鼓励做好事，道心就不会退转。好话相传，好事彼此带动，才能创造平安和乐的世界。

"人能弘道，非道弘人"，假如闻法之后没有身体力行，或是做了好事以后没有普遍分享，道理本身无法传衍，再好的法也行不通。道理必得有人去弘扬，才能蔚然成风。所以，好话要多说，好事要多宣导，有心者加上善用媒体科技，正确的理念就能广为宣达。

说到做到，才有影响力

　　记得在花莲慈善寺暂居时，有天我蹲在古井边洗衣。曾看见一个小女孩背着书包要上学，突然她小小的手指头朝向寺后的铁轨一比，大声说："你看！老师叫我们不要走在铁轨上，自己却在上面走！"

　　女孩的话，如雷灌耳，直到现在还记忆犹新。这件事启发我省思——话说了，就要做到；若讲了做不到，甚至明知故犯，就会令人看不起。

　　所以，我们要对自己说的话负责，做我们所说，也说我们所做；言出必行，行必能言，没有说了却不能做的，也没有做了却不敢说的。言行一致，表里一如，此即现代的佛法、真正的佛法。

呼唤众生入法

　　修学佛法而有体会，要知一说一，体悟到一分，就赶快和其他人分享，不能等到"自觉、觉他、觉行圆满"再说法。

　　人人只要听懂、了解一法，心灵得到一分法喜，即应该广为呼吁，赶紧与大家分享，唤醒埋藏于人人心中的自性三宝。只要自我启发圆明自性，都可以帮助诸佛菩萨，呼唤众生深入佛法。

适当时机才开口

与人说话，要因人、因事、因地制宜，以智慧来分辨该说或不该说，否则将徒生彼此困扰，甚至衍生是非。

轻轻一句话，就能断人善根、退人道业，因此说话要很小心。如果能用心，就会小心谨慎；如果不用心，说话也会造成很大的错误。

口说好话是修口德，由言语表达尊重。千万不要因为彼此熟悉，说话就不经修饰，如此一来难免会起摩擦。言语雅致一点，对人有礼貌，则人与人之间就会沟通顺畅。

分享真实感受

　　人之所以得人赞叹，不是短暂的行为，或只是舌粲莲花便能成就，需要长期付出实际行动，才能获得肯定。赞叹别人，也会受人赞叹；爱人者，也会被人爱，这道理即是"因缘果报"。

　　付出爱心的同时，就种下爱的因；有这爱的"因"，自然结下爱的"缘"；当爱的"缘"会合一起，彼此的良善互动、欢喜感受，就是爱的"果"。

　　常说要以诚恳的心与人分享。什么是"诚"？所说的事都是自己真正做到的，则所说的话就能真实动人；若自己没有做到，再如何能言善道也无法感动人。所以必须投入人群，多体会、多磨练，打从内心有真实感受而说出的话，才能深刻感动人心。

找智者倾诉

与人共事，难免会因观念落差而衍生烦恼，若将烦恼搁置于心，没有适当的引导纾解，久而久之，恐将导致心理不健康。

但有心事时，也莫逢人便说，以免更加心浮气躁，或徒然再起事端。应谨慎找有智慧的人倾诉，因为智者不会制造是非，反而会予以正确开导，此即所谓"益友"，亦是真正的"道侣"。

明是非，讲道理

生长在此一大时代，有幸，也有不幸。幸的是，生在经济繁荣、教育普遍提升之时；不幸的是，生在是非不分、浊气很重之世。大时代要明大是非，大时代的青年，要求知、求智慧，以平和的方式表达良善的正义之声。

现在有些年轻人没有静心思考，看看网络、电脑一按，即人云亦云地闻声起舞，实在是很可怕的现象！人生最重要的是要有智慧，"诸恶莫作，众善奉行"，能清楚是非，行在人伦道理中，才是有福人生。

多宣扬光明，不渲染黑暗

暴露社会黑暗面的文章，写得再好，多少都会使人心波动，无法平静，不如多报导社会真善美的面向。况且，如果避开美善之事，只记录丑陋面，后人根据这些文献，以为这个时代是乱世，对现今大多数善良有爱心的人并不公平。

媒体若常报导八卦不实的消息，会让人无所适从、心思紊乱；不如多报导好事，多"扬善"，但也无须特意"隐恶"，只是不要大肆渲染恶的部分，造成负面影响。

媒体说好话、谈好事，引导人人向善、走对的路，如此能对社会大有助益。做好事总是需要耐心，一旦下定决心成为清流媒体，即使压力大、困阻多，也要以耐心接受磨练。应该秉持使命感，为时代的光明做见证，就如在污泥中，要令莲花盛开，使世界溢满清香。

赞美不实会误导

社会上应该多提倡"清水之爱"，亦即清澈、纯真的大爱。人没有水无法生存，但此水必须清净无染，才能对人有益。新闻要报导社会上清净的爱心，但即使以爱为方向，也要拿捏分寸，必须确定是真实的好人好事；否则，不仅错误观念的报导会误导人往错的方向，不实的爱心报导也一样会误导人。

身为媒体工作者，应该不随意赞美人，也不毁谤人，总是取中道而行。为何不轻易赞美？因为世间有很多虚假、不透彻之事，若不加审察即予以赞美，就会误导别人，使人产生错误观念，届时要再矫正，往往很辛苦。人的信仰形态及观念若扭曲了，非常危险，所以报导好的一面也要非常谨慎，必须求真、求实，不要渲染；如是虚构故事、加油添醋，后遗症会很大。

引 众见贤思齐

随着时代转变，现今社会人心更容易迷失；而导致人心迷失的乱源可说是媒体，假如没有媒体推波助澜，社会不会有这么多乱象。媒体不应该为提升收视率而迎合大众、降低品质，必须把导正人心、净化人心的使命放在最前面。

常说媒体要为人间发声，但不能只做一种发声器，甚至还发出不正确的音声，引发许多杂音、乱音，抹黑了善良的人性。期待媒体能扭转此一乱象，为真正发不了声的纯朴人生、善良典范而发声，引导大众见贤思齐。

许多社会暗角，都有点点光明的真人实事，媒体工作者应为社会口舌、作人耳目，报真导正以净化社会，将大众的观念导向正确的方向。

宣扬好人好事，可以带动善效应；不实的负面报导，经由媒体兴风作浪，则会造成社会不安，甚至酿成国际灾难。所以媒体要负起"报真导正"的责任，广宣善事，才能让社会更祥和。

开辟净化之路

媒体报导若以爱为出发点，即能净化人心；若为得利而以耸动言词混淆视听，社会就会混乱。现今许多媒体报导，偏向隐善扬恶，实有待检讨。以当今社会现况，好人好事仍应多加宣扬，才能引导人心向善。

例如灾难发生时，现场常有记者追问灾民感受，试想，灾民受灾已经非常悲伤，还被频频催促答话，实在令人于心不忍。灾变后，前往慰访，探询灾户的困难，陪伴他们走过悲苦日子，才是最重要的。而媒体也应该报导究竟有哪些人为灾变做了什么，以此真实的付出与关怀，启发大众的爱心。

懂理的人不一定懂事，但懂事的人一定懂理；能做得出来，道理自在其中。"佛法生活化，菩萨人间化"，与其讲述非常深奥的理论，让人似懂非懂，不如告诉大家能够做得到的事，可以立即去做的事，如此发挥的成效更快，也等于开辟一条让人人能行走的净化之路。

身行好事以祥和社会

斋戒安生
乐道养生

唯有天地平安，才能保障自身平安；
欲求天地平安，须先安定人心；
欲安人心，就要觉悟众生皆有佛性、
众生平等的道理，
茹素戒杀、爱山爱海；
乐道好施，启发善念而广植福田，
破除迷信而长养慧命，
向善呼吁、从心斋戒，
生活简朴又富足，人生平安又吉祥。

第四章

斋戒安生

素食是世界潮流

素食好处多，如减少杀生、降低污染、预防粮食短缺。

佛教徒持斋茹素，缘于素食对个人身心、地球环境皆有益；少吃肉，就能减少杀生，消弭众生共业。科学家也证实，只要茹素者多，牲畜饲养量少，就能大幅降低温室气体的排放，缓和全球暖化造成的气候异常，所以大力宣导减荤多素。此外，减少饲养牲畜而种植牧草的土地，用来种植粮食作物，还能避免粮食短缺。

鉴于素食确实有益身心与大地健康，已渐渐成为世界潮流，此时推动素食斋戒，正是因缘成熟。

饮食要如蜂采蜜

民以食为天，延续生命，不可缺少食物。天地已供予人类丰富的五谷粮食，人人应怀抱感恩心，饮食要如蜂蝶采蜜、不伤花体，但求适时、适量、适度。

饮食过量，如同火上加油，体内营养过剩，容易发脾气，容易起欲念；瞋欲之火若无处发泄，就会招致疾病。但若是营养不足、体力不够，智慧也难以发挥。

饮食过犹不及，皆无益于身体，所以应保持平衡，使身心调和，轻安自在。

保身养德

　　人人皆是父母生育，由天地供应粮食饮水而生长。天地之间原有的清新空气、清净水源与五谷杂粮，就能满足生活所需，实无须屠杀、食用动物。

　　素食对人体健康有益，许多人表示，自从斋戒茹素，感觉精神更好，且原有高血压、高血糖、高血脂等病症也得到良好的控制，健康明显改善。除此之外，素食对于心理健康也有益，素食者性情较不易暴躁，心境比较平稳；若人心平稳，治安自然良好，所以推动素食，对社会亦有帮助。

　　素食应是长期、终身之举，而非一时、一日之事。人与人之间，需要善良、爱心的带动；若是人人素食，改变饮食习惯，克制吃肉的口欲，就能长养慈悲心，恢复大地生机，保护人体健康，实是"保身养德"之举。

素食是身心环保

佛经里记载，瘟疫的发生是因为人开口就吐毒，现在医学发达，已印证此说法。如 SARS 疫情爆发期间，患者只要咳嗽，近距离之人便有被感染的可能，这岂不像一开口就吐毒气给别人吗？所以说来，佛学也很科学。

佛陀在二千五百多年前，就指出导致瘟疫的病毒，是在人与人之间相互散播、感染，尤其现在交通便捷，病毒散播就更快更远了。因此，在病毒流行高锋期间，聚众集会一定要戴口罩、勤洗手，要有如预防 SARS 般的警觉心，在饮食上更要注意卫生及安全。

人人培养好习惯，自备环保餐具，使用公筷母匙，不仅防止病从口入，也阻止病从口出，这是保护自己身体健康的第一道防线。无论说话、咳嗽、呼吸，都是病毒有机可乘的时刻，因此要尽量做到自我保护，人人都应提起这分警觉性。

现代人普遍重视环保，其实不但身外环境需要推动环保，体内也需要环保，如果能素食，就是最好的体内环保。动物体内难免带着各种病菌，人类若以动物为食，这些细菌也会污染人的身体，导致疾病发生。所谓"病从口入"，许多疾病都源于贪图口腹之欲。

再者，众生都有生命，虽然形体与人不同，但求生的意志与面临死亡的惊恐痛苦，并无差别。若能茹素，就是保护自己的慈悲心，培养清净的大爱，此即心灵的环保。

尊重生命，保障生活

　　人与人之间应相互敬爱，与天地万物之间也应如此。现代人的生活和大自然接触不多，以前人说自己住的房子，闽南语叫"厝地"，双足都能踏在地面上；但现在很多人所住的房子都是公寓、大楼，可说是"没天没地"，因为天花板上还有别的住家，地板下也有其他人家居住，这就是现代人的生活形态。

　　动物的生活又如何呢？以前的人养牲畜，多是放牛羊吃草，让鸡鸭在庭院空地走动；但现在并非如此，鸡鸭被养在规格化的笼子里，仅有容身站立的小空间。长期局限于此，加上喂食化学饲料、施打生长激素等等，如此不自然的饲养方式，它们的身心怎会健康？人吃了这些动物以后，自然容易染患疾病。

　　常听医师说，很多罹患心脏病、糖尿病、高血压者，是因为营养过剩的缘故，尤其与大量肉食密切相关。近年来，经常爆发牛、鸡、猪的大规模传染病，就算牲畜看来并未生病，但是各种细菌原本就很容易潜伏在动物身体里，经年累月吃其肉，不发生病变也难。所以，贪图一时的享受，累积了全身病痛，实是自食其果。

食要简单

"食"要"简单"，以保健康。

平时吃得多、吃得杂，所有食物吞进腹中后交相混合，体内会变得很不干净，实应"观身不净"！何况，医学已经证明，加工食品愈精致，对身体愈有害；人体本来就不干净，加上体内食物混杂不堪，若又为求精致而吃进满腹垃圾食品，就无法维持健康。

因此，落实简朴生活，饮食清淡、简单，推动斋戒、茹素、零厨余，将每日摄取均衡营养而获得的充沛体力，用于利益社会人群，就是最富足的人生。

推动"八分饱"

多年来，全球慈济人"济贫教富"，付出米粮、物资援助饥贫之人，有受助者为表达感恩，每日主动积存少许米粮捐出，日食八分饱，省下的二分就可以化成救助饥饿的粮食，拯救全球苦难人。

若一碗饭以一千五百粒米来计算，只要一百五十人都捐出十粒米，就有一碗饭的米量。将此节省用度、捐助他人的观念，化为实际数字，推动起来更有着力点。

推动"八分饱"，并非要求饿肚子或"过午不食"，而是希望达到"零厨余"。食物吃不完就丢弃，厨余多，显示物质生活太过奢侈、浪费。放眼天下，许多地区缺乏粮食，民众长期处在饥饿状态中，只要生活无虞的人节俭一点，省下平常浪费的部分，就足以帮助这些饥饿者得以温饱。

静思精舍现在早餐都吃面包、馒头，或以水泡香积饭，又干净、又简单。现今世界粮食不足的问题已浮现，气候变异导致农粮歉收，富有国家也恐将有断粮之虞，钱财再多也买不到粮食！所以，在情况尚未恶化至极之际，应及时提倡回归简单生活，节省无谓的耗费与开销，这也就是在储存"未来粮"。

听闻动物心声

在台湾民间，妇人生产后习惯做月子，也普遍认为这段期间吃麻油鸡，才足以补充营养。人类总标榜自己为"万物之灵"，实则一点也不灵——无法听闻众生不愿被杀的心声。

有人认为，自己并未杀害生命，只是购买已处理好的肉类；然而若非有食肉需求，众多牲畜何须枉断性命？

古德有云，"欲知世上刀兵劫，但听屠门夜半声"，兴起一分慈爱之心，悯念众生平等，戒杀护生、止恶修善，才能使世间免于战乱流离、生灵涂炭。

从细微处护生

再微细的生命，也有其自然生态，皆须平等爱护、尊重，世间才能平安。

杀生，出于无意识的反射动作，是"痴"念使然，因为不明事理，让人在不知觉中伤杀生灵。例如，有的人在打扫时发现一大群虫蚁，在不经思考之下即用大水冲刷，虫蚁根本躲避不及，这就是因痴造恶。观看世间各地大水漫淹时的景象，大水突如其来，不仅人无力逃脱，房屋也瞬间破灭；在面对大灾难时，人与虫蚁的形态实无二致。

真心护念有情，居家常清洁整理，就不会招来虫蚁、鼠类；在清理环境时，可先敲敲地面、墙面，让生存其内的小生物有时间逃生。如此既能维持环境卫生，也能从细微处培养功德，就是智慧的展现。

人小智慧高

　　有位小朋友以前喜欢吃鱼，当了解素食护生的道理后，就开始发心斋戒，忍住口腹之欲。还有位小女孩，才听闻斋戒的意义，就主动发愿生生世世响应，即刻舍弃最爱吃的炸鸡，还带动妈妈一起吃素；她说："我吃素是为了爱护大地、疼惜小动物。"

　　幼小的孩子能如此发大心、立大愿，而且意志坚定，实在不简单。孩子们之所以能斋戒，是因为了解天下有很多生命正在受苦难，所以他们心生不忍，伸手救拔。孩子们实行的就是慈悲的这一念心，可见只要愿意去做，实是易如反掌。反观有些大人连戒烟、戒酒都很困难，劝他茹素更像是要他的命。小孩子可以做到，为什么大人做不到呢？

　　人小智慧高！赤子之心最清净、最接近佛心，心念单纯易受教，所说的话句句是真理；所以，切莫轻视年幼的小孩，以为他们的发愿只是童言童语。天真的赤子之心，真是令人感动！大人们应向小孩学习！

天地万物共生共荣

日本人把素食称为"精进料理"或"健康食"，认为吃素能让头脑清楚、身体健康。素食也是长养慈悲、培养爱心的表现，不忍食众生肉，就是在培养爱心，若多一些人素食，杀生就会减少。

众生各有其生活世界，水中游的水族，应让它们悠游自在；空中飞的飞禽，应让它们自由飞翔；地上跑的动物，也应与之和平相处，莫恣意网捕擒杀。如此的人世间，与各式的生态世界共生息，与天地万物共生共荣，和平境界多美好！

"普"遍"度"化

台湾民间相传农历七月鬼门开,在此"鬼月"期间,各地多有普度的大拜拜活动,以宰杀牲畜及焚烧金纸等,来祭拜俗称"好兄弟"的孤魂野鬼,祈求诸事平安、顺遂。其实,神、鬼不需要物质供应。人间准备的供品再丰盛,最后只是祭了人的"五脏庙";况且杀害生命、焚烧纸钱,徒增杀生行为与污染空气,并无益处。所以,应该导正迷信与错误的习俗。

对正信的佛教徒来说,七月不是鬼月,而是集"吉祥、感恩、孝亲、欢喜"的好月!应该用虔诚、欢喜的心,在邻里间带动孝心与善心,宣导不烧纸钱的观念,以素食蔬果取代肉食牲礼;若能更进一步,将拜拜的花费转为慈善救济,就真正是"普度"了饥饿、苦难的人。

真正的普度,是"普"及时间、空间、人与人之间,"度"众生脱离苦难。当众生遭受苦难或是心有千千结,能及时给予物资帮助,或用真诚的爱解开其心结,抚平其心灵哀伤,助其渡过难关,就是最好的普度!

烟火冲天，造恶瞬间

近年世界各地举办跨年晚会时，常大放烟火庆祝。即使各国皆倡导节能减碳，人类却总是缺乏深思的智慧，未曾想到造恶都在一瞬间。

日常的呼吸吐纳，已时时制造二氧化碳，增加地球负担，更何况烟火冲天！人群聚集围观，抬头看烟火燃放，只得到一时的快乐，瞬间制造大量二氧化碳，染浊天空，则已失去欢庆的意义。

一念之间，启动善业，可以在全球推动慈善工作，拯救苍生；一念之间，也可能做出善恶不分的颠倒行为，就如同施放烟火。

回报众生恩、天地恩

人不能只求独善其身，难道有人能完全不接受众生恩吗？记得我在鹿野清修时，虽没有接受他人供养，但也要到别人的园子里捡花生、挖番薯。那些花生和番薯虽然是农家丢弃或散落于地的，但也是要有人耕种、受大地滋养，才能生长为可食的作物。既是依靠这些食物维生，就是接受众生恩、天地恩，怎能不思图报？

全球干旱、水涝等灾难不断发生，都是人们共同造作的行为所致，而罪的源头来自人心。所以，生命来到人间，若只是消沉地独善其身，就失去了意义；应该要兼善天下，力行诸善法，积聚善的力量使四时风调雨顺，以回报众生、感恩天地。

利害相生

心灵净化是最彻底的环保，少欲知足，就能改变生活习惯；需求减少，自然环境就不会再被无尽地开发、破坏。净化人心虽然不容易，但也不要悲观。为了经济发展，人人向"利"看齐，而灾"害"也随之而来；如果有心改变的人再持悲观消极的态度，世界的未来就真的没有希望了。

一位曾到斯里兰卡挖宝石矿的先生，在了解环保的重要之后，有所省思。他说凿山挖矿的破坏范围很大，但取得的矿石仅有一点点，从经济效益与环境永续的角度来看，皆是得不偿失。所以只要人心得法水洗涤，起觉悟、净贪欲，就懂得简约生活才利人利己。

台湾的资源回收成果在世界上名列前茅，而慈济推动"持斋戒，入经藏"，也在社区带动素食，渐渐地让许多人改变奢侈浪费的生活习惯与观念。由此可见，节能减碳的做法，只要有人带动，就有成效；即使大范围看来黑暗无明，只要有一盏小小的灯火，就能为人间燃起光明的希望！

留德胜过留财

当今生活水准提高，大家都讲究享受、消费，可是毫无节制地消耗，大地还有多少资源可供使用，能留给子孙多少资源？

很多人都说"要为子孙打拼"，因此不断扩展企业规模。但看看人间社会，有的父母留下的家产成为兄弟相争的导火线，有些父子甚至为财产而翻脸成仇。事实上，"德"才是最珍贵、最有智慧的资产；留财给子孙未必是福，留德给子孙，才能真正福及子孙。

启动善循环

　　人生的幸与不幸，皆从心而起，如果希望居地常保吉祥，必须人人爱心满怀，常造福业！所谓"救人即是自救"，能帮助别人，是在为自己造福因。

　　世间有许多人深受贫穷、饥饿、寒冻或灾难所苦。平安、有余力的人，就要多付出。以开阔心胸真诚付出，广招人间菩萨；好人多，营造真诚与爱的大环境，才能启动人间善的循环。

视万物如己

若能视"万物"如"自己",则对于世间万物乃至生活周遭的一切,都会爱惜。

我使用的笔记簿,每一页纸张都使用三次;第一次用铅笔写,第二次是圆珠笔,最后是毛笔,总是如此反复利用。慈济草创时我亲手撰写文稿,很少使用稿纸,都是利用过期的日历纸。我认为,人们对于自己的身体以及身边的一切资源,都应该好好利用,这是"珍惜生命与物命"的观念。因为天地万物是生命共同体,无法分开,所以应疼惜万物如同疼惜自己。

铺桥造路兼护水土

山林是生活泉源，人类的生存，必须依靠水和土地。若因人为开发破坏水土保持，对生活其间的人民，会造成生命安全的威胁。

交通顺畅、便利，是工商社会发展经济的要件，若能兼护水土，更能长远维持安定与繁荣。以前的人说，铺桥造路都是功德。现在经济发达，交通依然很重要，若能将路铺得平坦又畅通，并且再用心维护环境，保护山河土地，则更加功德圆满。

大地健康，众生平安

生活中食、衣、住、行所耗用的每一种物资，原料皆来自大地；唯有大地健康、风雨顺调，众生才能平安成长。对于已经严重受伤的山体，人们不应再上山游乐、践踏污染，要让山体安养生息；而海洋也需要保护，以助气候稳定。

天地养育万物，也供应五谷粮食予人，所以守护大地就是守护人类的根源。无论陆地或海洋，现在不立即起于行动予以保护，真的会来不及，即使在我们有生之年看不到成果，也一定要尽力，让世世代代的人们都有保护环境的使命感，守护山海，敬天爱地。

山林养息人安居

树是"吐新纳垢"，人是"吐垢纳新"；人类呼出浊气，树木则会过滤污浊、释放清新空气。所以若是树木减少，不只水土保持受破坏，空气也会愈益污浊。

过去人们在山上进行工程，不断开发牟利，砍树、挖土是伤其皮、挖其肉、刻其骨，让山体无法有健全的水土保持。山体已经遍体鳞伤，若人还要依山而住，实在危险万分，应该远离山上，迁往平地安全地带，才能真正安居乐业；也不要为了观光游览，再开山辟路加以破坏，才能使山体养息而复原。

清净在源头

地球已经受伤严重，必须认真保护；希望地球平安，就要力行环保，将被丢弃的物品回收再利用。过去塑料瓶的回收价格非常低廉，但慈济做资源回收不是为了变卖营利，而是真心诚意为了保护大地。

经过不断研发，慈济环保志工回收的塑料瓶，已经由大爱感恩科技公司制作成高品质的纺织品，并接连获得德国莱因集团的"碳足迹"与"水足迹"双认证；其中，水足迹认证是全球纺织业环保织品的第一张证书，可见慈济的环保已经达到"世界级"的成果。希望因此能让国际工商界周知，用回收物也能制作高品质的产品，学习"清净在源头"的资源回收做法，减少开采、破坏，真正守护大地。

常怀感恩，珍惜资源

我们应时时感恩天地的一切。就如天气晴朗，是方便进行各种户外工作；天若下雨，也要感恩雨水润泽大地，使草木繁荣。

以前的人在大热天里，只需用扇子扇风，或到树荫下乘凉，就能轻安过日。现在的人重视享受，稍觉得热就开冷气，冷气机散发的热气及废气排放室外，造成空气污染和温室效应，大量耗电又破坏生态，真是得不偿失！

对身边的事物爱护疼惜，进而扩及地球万物；对身边的人们付出关怀，进而关心更多的人，把握当下多造福，必然福德无量！

莫"丢福"，多"拾福"

　　许多人为追求享受而不断汰旧换新，所以在环保站常见崭新、尚可使用的回收物。须知做资源回收是捡福——别人"丢福"，而我们"拾福"，拾福即是修福。别人眼中的废弃物，经过回收整理，就能再制新产品；如慈济环保志工回收塑料瓶所做的毛毯，已输送到世界各地，用于国际赈灾或冬令发放，帮助灾民和苦难人。

　　慈济非为多收物资而做回收，最重要的是呼吁培养节俭的好习惯，宣导环境保护及卫生观念。若恣意浪费，等于透支后代子孙可用资源；提倡爱惜用物、减少消费，才能留给子孙一个干净的地球，保持丰富的地球资源。

环保之道，灭苦之方

亲身投入资源回收工作，能了解物品的"物理"，推究每一项物品的原料，就知道人类生活用物皆取自大地资源，而且不仅是挖凿、抽取资源时破坏大地，在提炼原料、加工制造过程中，更污染了空气、水土，影响深远。

世间的"苦"，是由人心的欲念生起种种造作所"集"；若欲"灭"苦，就要开一条"道"路——环保之道。回收资源再制，能使水土得到保护，又可减少空气污染，而回收所得金钱且能用来造福社会，真是一举数得。

顺乎自然法则

虽说"生命平等"，但以人世间的事相看来，实难以平等。世间大地本就高低不平，有高山纵谷，有平野沟壑，土地上也有高矮参差的树木花草。人生虽然难以平齐，但若彼此之间能和睦相处，大地就会平安，生活也能安和乐利。

万物并育不相害，万物并生方是美。天地长养万物，顺乎自然法则，高山、平地，大树、小草，皆能并生共存。同理，虽然人穷你富、人弱你强，富有的人付出爱心，有力的人扶助弱者，若如此和平相处，则世间虽然贫富不均，但因为发挥爱心，就是很美的人生境界。

积善之家

　　天下是一个大家庭、一座大宅邸，生活在这幢大房子里的每一个人，能够合心、和气，这个大家庭就能祥和平安；假如人心不和，常有人滋事，制造祸端，对这个家是最致命的伤害。

　　天下大事，匹夫有责，无论哪里有灾难，都要尽心力付出而无所求，感恩苦难人的示现让我们长养慈悲、觉悟道理。接受的人也要心怀感恩，否则仅是付出的人无所求，接受的人毫无感恩，会让付出者心灰意冷；没有感恩心，也会阻碍自己的生机。天灾一来无法抗拒，唯有众生的心态净化，人人积善才有余庆。

戒慎虔诚

同处天地之间，各地灾祸皆互有影响。天地万物平安，人才能平安；若有某一处生态不调和、发生大灾难，全人类都应提高警觉，就如大房子的某个角落失火了，所有家人都不能置身事外。

人类虽然很渺小，但是人人一点一滴长时间地破坏、污染，会累积成自然环境无法承负的大破坏，造成可怕的灾祸。如多数林火都因人为活动引起，包括山区乱烧垃圾、丢弃烟蒂；而小小的火点遭遇百年热浪及干旱，即一发不可收拾。所以，要时时刻刻调伏欲心，戒慎虔诚；戒慎就能保平安，虔诚才会聚福缘。

第五章

乐道养生

留下美善记忆

　　人生路不论长短，每个人都应拓宽与增厚自己的生命。在顾及自己和家庭之外，也要为社会、人群付出，开拓能让众人行走的宽阔道路，使别人的生命也能增加宽度与深度。

　　时间宝贵，因为一切福与德，都是用时间做出来的。付出一分爱，就是造一分福；福要用心造，也要天天做。能做就是福，人生要留下值得回忆的事情，关怀需要帮助的人，如此一来，不但能开拓心胸，也能在自己与他人心中留下美善记忆，此即生命的宽度与厚度。

回向清净心

　　行善得福、作恶成祸，如影随形，无从逃躲。诵经、行善，若是为求佛菩萨庇佑，使自身得利，这是欠缺智慧的想法。行善、诵经，其实是回向给自己，令自己觉悟，行于正确的道路，走回无明尚未生起前的清净心。行善是本分，无须执著功德有多少；唯有无私付出，善行才能永恒。

心无分别

一个人的价值，在于有庇护天下众生的愿力，并能真正付出爱的行动。

有些国家因内乱造成对立，其实所谓敌我，不过是政治上的纷争，老百姓是无辜的。所以，慈济所有救济工作，非关敌我，对象都是苦难的众生。不论在哪一洲、哪一个国家，若有人陷于贫困、灾难，只要看得到、听得到，能力所及、因缘具足，就去救援。

一杯水，只给一个特定的人喝，就只有这个人能止渴；如果人人都将手中的一杯水倒进水缸中，那么，几百人、几千人来喝这一缸水，就等于每一杯水都给了许多人喝。所以，没有分别心的大爱，才是功德无量。

过有品德的生活

　　生活水平高低难有定论，有人追求物质享受，有人偏向精神成长。对于事业，不要有无止尽的野心及欲望，一味追求金钱，人生将失去更多。生活简单才是幸福之道，过度奢靡则是愚痴。

　　若能将"知足、感恩、善解、包容"等简单的道理，落实在日常生活中，培养好作为、好品德，远比拥有地位及财富来得踏实、重要。人的一生所用有限，物质只要足够维持生活即可，应善用生命使用权，为人群服务奉献。

不说"辛苦"，但言"幸福"

要创造清新的社会、清流的人生，不是喊口号，而是要身体力行。身体力行很辛苦，但是慈济没有"辛苦"二字，而是以"幸福"来代表。

用心想一想，真正的辛苦是走进病房时所看到的病人。有人想动手却动不得，想动脚也无可奈何，想说话却说不出口，这样的人生才是真辛苦。若是身体健康，能自由自在发挥使用权，为人付出，提供帮助，只是舍出一点时间、舍出一点爱，却得到许多心灵的享受，这样的人生真是幸福！

为善要积极

肚子饿时，吃饼会饱；若只是画饼，则难以充饥。想要吃饼，唯有动手做饼才有饼可吃。同理，想得福报，就要造福；有人需要帮助时，能及时为他们付出，即是造福，也是为自己培福。

天灾与人祸，都是众生共业。有些地方，天灾人祸相续，当地人自顾不暇，没有机会付出爱心，也就无法造福；无福自然多灾难，形成恶性循环。所谓"一善破千灾"，要多造福，才能招感气候风调雨顺。想要地方平安吉祥，当地民众就要多修福行善。

人生真正能做事的时间不长，有因缘能做的机会也不多，好事今日不做，明日可能就来不及。所以要把握时间因缘多做好事，发愿做个肯担当的人，众生有苦难，就想尽办法帮助他们。为善要积极，造恶要消极——对的事积极去做，不对的事绝对不做，才不会空过人生。

照亮黑暗角落

　　人间的希望来自于爱。在付出爱心的背后，总有悲苦的人生，假如少了爱的陪伴，实在不知如何度过。人生苦乐参半，为善最乐；苦难的人因受助而离苦得乐，付出的人因助人而轻安自在。

　　每一个人都能发光发热，若将每个人的光和热集合起来，只要知道哪里需要温暖，就可以马上传递暖流；若发现哪里有阴暗角落，就可以立即照亮那个地方。

长"慧命"，莫"废命"

"是日已过，命亦随减"，时间分秒不停留，过一日是减少一天的生命，而过一年是减少一年的寿命。人生中能做事的时间不断递减，愈来愈短，所以要把握当下、恒持刹那，不要总想着"明天再做"。

常谓"不知无常先到，或是明天先到"，善用有限时间，做对的事，就是有智慧的人。浪费时间等于浪费生命，要提起智慧增长"慧命"，莫糟蹋生命而成了"废命"。踏踏实实、忙忙碌碌地"做对的事"，就是充实的人生。

为工作而生活

赚钱并不值得炫耀，因为别人不会因你赚很多钱而感动；只有真心诚意用大爱付出，才会感动人。

在付出的同时，感恩对方成就我们的爱心，其他别无所求，这是"甘愿做"；因为出于志愿去助人，内心只有甘甜而无苦的感受，此即"为工作而生活"，懂得生命的价值在于为人群付出。

反之，若是"为生活而工作"，做事被动，为的是私人利益，认为"只要我喜欢，有何不可"，一旦失去人生的轨道，一切后果就得自作自受。

净因深缘

牵人过街、照料伤者，都是举手之劳，却能使人念念不忘，在心中种下好因、结下好缘。种好因、结好缘，这份因、缘会常存心中，即使此生没有机会再见面，但在来世相遇时，对方见到你就会觉得很欢喜。

简单的动作，就能与人结好缘；更何况付出无所求，面对困难也不畏惧，一一予以克服，如此所结之缘，将是多么深厚！

增加"爱的存底"

一般人只想拥有世间财，却不懂得善用。其实，金钱是协助我们的工具而已，如果能善用于公益，既圆满金钱本身的价值，同时也彰显做人的意义。

不论何处，都有贫苦的人需要帮助，欲推动、普及好事，必须广开善门，善加运用社会资源，才能发挥有效的力量。一个人的爱心普及不了天下人，需要汇集众人的爱心，增加"爱的存底"，才能扩大救助范围。

志业精神

人生最重要的并非"获得"，而是"付出"。为苦难众生付出的当下，是修福；以清净无求的心去做，即是修慧。

做志业与做事业的心境，绝对不相同。经营事业之时，即使为繁荣社会经济而努力，仍免不了有私利的意图；若能以"志业精神"为前提，了解人生的价值是为人群付出，身体力行做有意义的事，就能福慧双修。

透彻虚实

当今物欲高涨，处处是陷阱，稍有不慎就容易受物欲诱引，迷失做人的方向。尤其现代社会功利主义弥漫，许多人在事业上明争暗斗，往往只为赚大钱换取物质享受；但一生奔波忙碌，最后换来的却是心灵空虚。

争名夺利无非为了追求欢喜，但这种欢喜虚幻不实、短暂无常，无法令人寻得真理，也无法令人得到心灵长期的平静与喜悦。唯有付出真诚的爱去助人，才能享有真实而永恒的欢喜。

先感化自己

世间安危有如一场拔河，就看人心归向何方。少数人挡不住大灾祸，必须多提倡爱，好人多、善的力量大，就有和平的希望。若人人自私自利，好与人争，则恶的力量大，难免起争端。

欲求天下无灾难，人人有责任，必须去感化其他人的心，让更多人能够向善造福。但不只要感化别人，最重要的是先感化自己，自己先做好，才能去教化别人，在社会上产生好的影响与带动。

尽情付出

人事沧桑多变迁，到底人生是真是假，是虚伪无主或是真实的剧场？这都不重要，最重要的是，是否为人群付出，是否做了有价值、值得回忆的事情？

有生之年，人应自许不是"浪费"人生，而是"尽情"付出。不能让今生空过，必定要学习菩萨度众的长远心，以及"我不入地狱，谁入地狱"的精神，不逃避现实社会人我是非之苦，发心立愿走入人群，及时付出。

感同身受

　　人与人之间，应该友善相待，真心付出的友善就是爱，有爱的地方就有温暖。繁体的"爱"这个字，是"受"里面有一颗"心"；所以，除了友善待人，还要用感同身受的心，去为苦难人付出。

　　人生的不幸，往往重重叠叠地集中在困苦众生身上，若能怀抱"人饥我饿，人伤我痛，人危我急"的心态，友善、真诚地付出，就能给予温暖。

爱的维他命

生在人间，不应只是消费者，更要是经营者，要在每个人的心田勤耕耘，撒播爱的种子。当今民众生活水平普遍提升，社会较过去富有，但许多人罹患"缺爱症"，需要"爱的维他命"。社会若能注入爱的维他命，即是富而有爱的祥和社会。

爱心，要"做"出来，才是真正有爱心。如果能舍得，舍出自己有余的力量，才会得到无量的欢喜、福报；例如一亩田，把稻子收割后，如不再撒种，就无法再收获。所以，每个人要造多大福田，就要撒多少种子，自己耕耘才能得福德。

人应该随缘尽力耕耘福田。与人结好因缘，说话较能被接受，容易开启对方的心；而福缘好的人，则有很多对象可以去救助。因此，因缘好的人可以教富，福缘好的人则可以济贫。

亲善志工

社会事端皆出在人心，如果能营造良善的小区环境，就会有良好的因缘，及时将观念错误的人引导至正确方向。

落实社区志工，就是希望将美善的种子植入每个人的心田，带动社区人人做志工，自动自发付出爱心，即所谓"亲善志工"。任何家庭发生事故，都应致上关怀。例如夫妻吵架，可以劝解或倾听他们的心声；或者邻居年轻人有事外出，只有老人在家，也可帮忙照顾。每个社区都拥有很多人力资源，若能运用社区爱心，达成守望相助、敦亲睦邻的目标，就是人间净土的实现。

彻底的帮助

邻里间有些贫苦人，居民平常也看得到，但因无人付出关怀，往往贫苦亦不得解。若是由远地的人，每隔一段时间探望一次，总是不够彻底。唯有带动邻里慈爱的心，就近照顾，时相探访，才能真正做到彻底的帮助。

富有的人帮助赤贫的人，有力量的人辅助没有力量的人，不但能够感动人，当地人心也会自然趋向良善。

积聚福的气流

古人常说"人算不如天算"，天地浩瀚无涯，人的确很渺小；但人总过于自大，以为可以借助高科技掌控气象，偏偏有时"毫厘之差，千里之偏"，如何能把握得住天地的快速变化？

台风受气流影响，高、低气压的相互作用，决定了台风动向。若人心趋向善，善的力量增加，就能推开恶的力量。人说"福气、福气"，有福就无灾。人生的祸与福在拔河，为恶产生灾祸的力量，为善则增加福气的力量，若大家多造一些福的气流，就可以推离灾难的气流。

集中无数人的一秒

　　一期生命犹如一季稻种，把握时节因缘非常重要，若空过这一季而不下种，再来的一季，未必能保证稻种品质依然良好；但若能把握因缘下种、殷勤灌溉，即使只有一颗种子，也能收获无量无数的成果。

　　时间秒秒流逝，若秒秒空过，走过一天就空过了一天，纵使今世出生于优渥的环境，本身也拥有优良资质，但若不好好把握因缘时机，也会空过人生而毫无作用。所以在活着的每一天，都要把握住每一秒钟做好事。

　　一个人做一个动作，影响范围有限，但若集中无数人的一个动作，就能扩大空间，帮助更多人；每个人都付出一秒钟，集中无数人的一秒钟，累积付出的时间，即能成就一切善业。

把心照顾好

古人说"不经一事，不长一智"，只要愿意付出，多听、多看、多用心，就能悟得人生的真理，明白人生的意义。

如到医院当志工，可见人生百态。有人身病心也病，生理的病苦与心理的烦恼相互纠缠，苦上加苦。也有人身病心不病，感恩关心自己的人，并忍着病痛帮助更需要帮助的人；这分清净的爱，就是人人本具的善良天性，也就是"佛心"。

只要心理健康，即使身体有病，仍能发挥人生良能；如果执著私情小爱、人我是非的烦恼，即使身体无病，也会觉得虚弱乏力，精神不振。所以，唯有把心照顾好，才能轻安自在，发挥生命的潜能，利益社会人群。

做，才有体悟

　　社会上有许多令人赞叹的小人物，他们总是缩小自己，安守本分，付出无求，脚踏实地去做。常说，读书万卷，不如行路万里；书读得再多，即使累积不少知识，总不如真实投入去感受。唯有真正投入，在付出的同时，才能去除习气，成长智慧。

　　人之所以会想不开，是因为不明因果，所以患得患失，无法突破心灵的困顿。若能走入人群看尽人生，即可体悟世间本来就是苦空无常，便能放下执著有无的痛苦。唯有亲自去做才有心得，才能将体验与人分享，所以要多做多看，才会多得！

最初的福种

　　有土地就有水脉，只要用心向下挖掘，清泉终会涌现。同理，不分贫富贵贱，只要启动爱心，爱的清泉也会从善良的心地涌出。

　　一念助人的善心，可以一点一滴不断累积福报；就如一粒种子种入土中，发芽成长之后，也能再产生大量种子。而最初的那一粒种子，就是最重要的"福种"；善行绵绵，则"福种"累累，终至收获满满。

"教富济贫"与"济贫教富"

慈济慈善志业方向有"教富济贫"与"济贫教富"两大类，皆是以净化人心为目标的方便法，应乎富者和贫者的不同处境而设想引导方向。佛陀来人间是为救济众生，众生之苦有物质的缺乏、心灵的苦闷、身体的病痛以及天灾人祸等等，须对机应缘予以救度。

以"教富济贫"来说，富有的企业家，事业成功、家产庞大、生活优渥，应打开他们的心门，引导他们除了会赚钱以外，也要会运用钱财、付出心力去帮助有困难的人，从中体悟付出的快乐才是心灵最大的财富，这是教富来济贫。至于"济贫教富"，对于贫穷的人，不只予以生活物资的帮助，并且善导"心灵因有善念而富有"的道理，即使力量微小，也应该倾己所能去帮助别人。

佛教有顿教及渐教两种教法，顿教指的是对于大根大器的人，他们具有闻一知十、一闻千悟的慧根悟性，一说即能领悟并且身体力行；有的人则必须用同理心及恭敬心，一步一步走入他的内心世界，渐渐地予以适切的度化，此即渐教。

在慈济，付出的人要感恩受助的人。在事的方面，受助者示现苦相，来教育我们见苦知福，所以当然要感恩。在理的方面，有能力的人应该成长受助者的慧命来作为回馈，让他们知道虽然此时生活上有困难，但只要自己愿意，同样可以付出一分力量去助人，这就是"渐教"，在济贫的同时启发他们富有爱心。

大爱、感恩

佛陀是宇宙大觉者，佛陀的心灵境界是"无缘大慈，同体大悲"，慈爱普被众生，认为天地生命皆是共同体，人与万物息息相关，不分众生的种类，不分国界、宗教，都须予以度化。

慈济人常说"大爱""感恩"，即是学习佛陀的精神。大爱来自于慈悲，以无缘大慈、同体大悲之心，随处救苦救难。"无缘大慈"，即是平等无别的爱心，虽然你与我非亲非故，而我还是希望你幸福快乐；"同体大悲"，则是对人间苦难感同身受的同理心，人伤我痛、人苦我悲，无论伤在何人身上，皆是痛在我的心！

而人与人之间皆应感恩互待，感恩有很深刻的意义——"恩"字是由"因"与"心"组成，事出必有因，发一念好心，就种下一颗善种子；常记得别人对我们的好，就能和善待人，在彼此间种下好的种子，因缘会合则萌发苗壮、开花结果。

集苦事教育人

苦、集、灭、道，人、事、物、理，都要多用心思维。

"人"离不开"苦"，富有的人需要用"苦"来教育，教他们去访视个案或投入救灾，才能因为看见人生苦难而启发爱心，这分爱心也才能扎实生根；所以，人与苦不能分开。"事"离不开"集"，习于享受的人，认为别人的苦和自己无关，唯有集一些事让他做，才能转变观念；所以，事与集必须相连。

若能借此了解人生无常、苦难偏多，即可启发助人的人生观，将爱的种子种入众生心田，进而发挥力量助人。

"祝福"的真谛

　　行善造福，能保持无所求的清净心念，即能心无挂碍、轻安自在；有颗时时愿意助人的心，就会常感平静，不退道心。

　　人在悲凄的时候，需要温情与关怀；被救实是不得已，能救人的人最有福！有福之人要自我祝福，莫认为自己没有余力可助人，时时存善念、恒持感恩心，知福、惜福、再造福，才是真正的"自我祝福"。

　　常常"自我祝福"，也要"祝福别人"，并且"接受别人的祝福"；福出于爱，有爱心的人有大福，必能在人生路上逢凶化吉。

心发好愿以天下无灾

心宽念纯

发露忏悔

虔诚祈祷

劫浊乱时，众生垢重，天灾人祸频生。
佛云"一切唯心"，
众生累劫以来，随境动念，造作恶、
复制烦恼，共业所致，灾难愈来愈大。
唯有以法水清净心念，
忏悔罪业、改过迁善，至诚发愿、
虔诚祈祷，使声波共振、上达天听，
则福气凝聚、天地调和。

第六章

心宽念纯

老实度日

　　不论生活是贫穷或富有，最重要的是顾好心念，老实过日子。贫富乃与生俱来之业，应安守本分，莫生贪念；若不守本分，未经允许就将别人东西占为已有，即叫偷盗，不论抢多或偷少，点滴都会落入因果，不能不偿还。

　　一个心念，就是一粒种子，虽不起眼，但一入土、发芽，将来会长成大树，且结果累累。所以，在日常生活中必须很谨慎，不要以为小错无妨，殊不知小错不断将累积成大错；更不能忽视好的因缘种子，时时将内心的良善、大爱启发出来，也能为普天下众生祈福付出。

药物莫成毒物

感恩对我们好的人，他们就如提供营养的三餐，对我们的健康有益；也要感恩对我们不好的人，就如身体违和必须服药，他们不好的声色使我们反省要谨言慎行，修持容人的雅量。

正确服药，病症才能疗愈；若没有正确服用，药物反而会成为毒物。用善解心听人说话，句句都是教育、都是妙法；若以不健康的心态听闻，一切都成人我是非，将使原本有益的药物变成有害的毒物了。

别太在意

　　不要埋怨自己的遭遇，即使曾遭人反对或冷眼看待，也不要积怨在心，只要求自己爱所有人，不求别人如何来爱我。其实多付出一分爱，别人最终也会回馈一分爱，这就是"舍一得万"——付出一分爱，会得到万人的爱。

　　凡事尽本分就好，莫要求太多，也不要想太多。自许"不求""付出""简单""单纯"，其他就别太在意，因为想太多就杂了，杂了就乱了。人生时间有限，只要积极付出、心念单纯，就能过得自在！

由心念决定

简单可以美化人生，复杂却会丑化人生。人生，要过得好或不好，全在于自己的心念。笑是一个表情，哭也是一个表情，如果学会笑，让人见到就欢喜，愿意亲近，自己也能比较轻松。如何活出真善美的人生，心无杂念、不受污染，就是最重要的。

人世间，每个人都很平等。一天都有八万六千四百秒，聪明、计较的人，是过这一天；单纯、乐天的人，也同样是过这一天。然而，有智慧的人会善用时间，将时间累积成学业、事业、志业的成就，并且得到许多人的疼惜、爱护。

压力有几斤重？

事多难免会烦躁，但要稳住自己的心，莫使烦恼的时间停滞太长。心起烦恼时，不妨与人说说话，就容易淡忘；或者自问："我说的话是否做到了?"《静思语》有"生气是短暂的发疯"之句，人都会有生气之时，但总是要缩短再缩短"发疯"的时间。

有些人会压抑烦恼，其实，最好要学得当内心起无明时，能纾解、消除烦恼，就像大地偶有小地震，可以释放能量。其实，压力看不到、摸不着，有几斤重呢？都是心所造啊！

动中有静

静止的水受到境界干扰，虽有波动，最后仍将恢复平静。就像一口古井水，平时澄静如镜，能映照出自己的脸，若丢入一颗小石头，水波荡漾，影像也随着晃动，但最终仍会回归平静。

尽管外在的境界不断变动，我们的心仍须保持静定。一个人若只在外境平静时能无烦恼，一旦境界来临又烦恼频生，这并非真正的修行。修行不能只想独善其身，必须在各种境界变动中，做到身动心不动，动中有静，才是最重要的。

自爱护心灯

人人心中都有一盏明朗透彻的心灯，应小心照顾，不要让"无明风"吹熄灯火。

心灯若被无明风吹熄，即使这盏灯仍在，心地却已失光明；内心若不断吹起无明风，即使重新点亮心灯，也会再度熄灭。所以要自爱，不起无明风，才能自照前途，不迷失方向。

要让未来的人生方向正确，则要日日戒慎虔诚，照顾好身、口、意，不让心念稍有偏向，或有不当的行为出现。一旦放纵自己，为所欲为，不仅衍生烦恼，也埋藏无限危机。

把身与心照顾好，就是守"戒"；守戒之外还要有"定"，以定力对准人生理想的方向精进，智"慧"即得以持续增长，方向自然不会偏差。

不离心中道场

心即是道场，在家能扮演好自己的角色，做个好爸爸、好妈妈、好先生、好太太；在外工作，能做个尽忠职守的好员工；在社会上，能聚合众人爱心，为大众付出大爱。如此不离心中的道场，就是在修行，也是简单易行的慈济法门。

凡夫总是以为高龄就是够本的人生，其实应当重视的是，在人生中到底为人群付出了多少？能将时间用在刀口上，把握分秒利益人群，才真正是有价值的人生！

坚信会愈来愈好

社会上，好人居多，善良的人多于不善的人，观念与行为偏差者只不过占少数。但是受到媒体渲染，少数人错误的人生观，却被扩大为多数人的见解，甚至似乎成为整个社会的普遍现象。

面对不良的观念作为，若没有好好用心思考，很容易就会被误导。不要怀疑社会将来会如何，愈怀疑只会增添不安的心。不妨从自身做起，建立信心，发挥良能，带动人人以爱相待，社会必定会愈来愈好！

唤醒自性农夫

所谓"内能自谦是功，外能礼让是德"，用"功"自耕心田，自然成果累累，即是"德"。人人心田里本来就有善种子，唯需唤醒自性农夫，在自己的内心用"功"，培养一分爱，建立正信、正念；对外付出无求，则能修得一分受人肯定、信任的"德"。

心中的这亩田，要借境界来耕耘，把握时机播种秧苗，然后灌溉、施肥、除草，只要肯下功夫，必定丰收，并能再得到好种子；如果没有用心耕耘，让杂草丛生，这亩田很快就会废耕了。

常说自耕福田、自得福缘，福田并不远，就在我们心中。想要有丰收的果实，就看现在自己如何栽种、耕耘。每个人都是自己生命中的农夫，要殷勤地耕耘自己的生命福田，别让心田杂草丛生。

循规蹈矩

生命宝贵，能够过着循规蹈矩、心安理得的人生，最有意义。

因为有人不守规矩，所以需要制定法律、规戒；如果人人都顾好一念善心，世间就不需要法律规范了。同样的，宗教也定下很多戒律，并非出家了，就不会犯规；佛陀在世时，僧团里也曾经有人犯规，所以才制定这么多戒规。

心中有"戒"，所作所为心安理得；心能宁静，则境界明朗，事事分明，知道何者当为，何者不该为。此时心境海阔天空，不会在掌声中迷失，也不会受人毁谤就起心动念，心不随境转，必然生"定"，进而开启"智慧"。

要转迷为悟，必须经过修行。修行为的就是要调好思想——若观念错误，行为就偏差；唯有把观念调正确，行为才能合规矩。

知足即富足

世间欲求"公平"得分毫不差，并维持完整，实在无法做到。所以，强求公平，反而会让一切都被破坏而不完整，愈计较，所得的愈不完整，到最后只是一场空。而许多人却偏偏要求一切"公平"，以致造成很多纷争。

事实上，物品是因人心起分别，才有美丑、好坏的不同价值。何为公平，何为不公平？真的很难说，最重要的是我们的"心"，一切唯心——心知足，一切就公平；心知足，就会觉得一切都富足，不论获得多少，都欢喜接受。其实，并非拥有很多东西就是有福，唯有打开心胸，扩大爱心，拥抱天下众生，才是真正富有的人。

发挥良能最幸福

人间有苦难的人和幸福的人，在苦难的人之中，以"无法发挥人生良能"的人最苦。

病苦的人即使有心为众人付出，往往是心有余而力不足，因为连身体都无法自理，如此无奈，实在是人间大苦！另外有些人虽然无病痛，却执著私情、私欲，不愿发挥良能为人群付出，这也是苦难的人，他们因为浪费人生，所以心灵空虚、充满烦恼。

哪一种人最幸福呢？身体健康、心理健康都是人生的幸福，而能够领悟人生道理，充分发挥良能来利益人群，才是最幸福的人。

心灵的享受

有些人喜好追求物质享受，但细细思量，穿上华衣美服能高兴多久？而当高贵服饰在身，唯恐弄脏弄乱，行动便拘束不自由，何能自在？往昔布料以丝绒为贵，能衬出高雅气质，但如起坐不慎，留下斜乱折痕，反而不美。至于佩戴钻石珠宝，怕弄丢、损坏，心里也不安，真是何苦来哉！所以，物质享受，何乐之有？

回想过去，民风单纯，大家容易知足，生活安宁，心灵不会为了提高物质享受而有起伏，知足就是福。现今许多人坐在冷气房，未必能感受清凉，反而满心热恼。所以，要解除内心热恼，获得真正的清凉，必须从"心灵的享受"下功夫。

当看到别人欢喜，我就欢喜；看到孩子们彬彬有礼、气质高尚，纯真、善良的模样，既亲切又熟悉，我就欢喜；看到团体整齐之美，我就高兴；看到大家能知足、感恩、善解、包容，我就非常欣慰。凡此种种，都是心灵的享受啊！

知无常，断烦恼

人的心念极为微细，转个念即有善恶之分；欲杜绝起心动念衍生的烦恼，唯有透彻无常的道理，才不会产生执著的痛苦。

外在有形的物质是无常变迁，无法久留；内在的感受也是无常，不能永住。凡夫的习气，在于将无常当成永久，于是起了贪念、执著。

人生境界烦杂，执著外在的事物，贪爱不舍，当然痛苦。心中常起种种感受，不论是生气或嫉妒、悲伤或忧愁，若常执著在心，久久不放下，也会烦恼不堪。

生活中要感恩的实在很多，哪还容得下那么多烦恼的感受呢？多用心体会无常的道理，面对境界不起分别执著，烦恼很快就能断除。唯有放弃贪著的欲念，使内心清净，如此的自在才是永恒。

逆流而上的冲力

人在用心做事时，因为很专心，所以心境定静，不易生起邪思恶念。如果不用心，遇到境界考验就容易松动；一旦松懈就会退步，如水流急转直下。

其实，若能转个心念想，有人帮忙，我们要感恩；若别人不帮忙，仍要感恩对方给予机会自我加强。所谓"甘愿做，欢喜受"，因为"甘愿"，所以不论遇到酸、甜、苦、辣的境界，都能"欢喜"接受。

我们要做一个逆流而上的人，不论环境如何，都要提起毅力勇往直前。如果把每件事都当成自己的事，就不会有怨言；如果有恒心，向上冲的力量就会源源不绝，不易疲倦或有无力感。

勇于心灵复健

受伤或是生病的人，疗养一段时间后，需要勤做复健，才能恢复身体的功能。受过伤、生过病的心灵，同样需要复健，才能锻炼出人生的功能。否则，一遇挫折就退缩，不能忍受境界的冲击，将一蹶不振，无法重新站起。

志愿接受心灵的复健，要勇敢面对复健环境；就如同想恢复身体功能，必须有耐心、毅力，忍耐复健的痛苦。人事环境就是心灵复健的场所，要勇敢面对种种试炼，努力调整自己的心，才能回复清净的本性。

所谓"习惯成自然"，刚开始要非常用心谨慎调整自我，直到一切言行都不必刻意留心，就能适切合宜，此即"自然"，也就是回归清净本性。

预防网络病毒

就人生而言，心灵世界的重要性更甚于经济。现代文明会破坏人性，导致人心彷徨迷惘，文明病毒、烦恼病毒、网络病毒，已经潜入人心，扰乱家庭、社会。尤其是网络，真是网住了全球，实在令人担心！

要解毒或防毒，须透过家庭教育、社会教育，更重要的是全人类的教育。水能载舟，亦能覆舟。希望人人对"网络的迷惘"能提高警觉，要好好教育、保护孩子，让他们有心灵免疫力，不令网络病毒侵入。要让孩子们知道，电脑是开启智慧的工具，是学习利用的工具，但不要沉迷在网络中，让电脑变成文明病毒。

下决心扫心地

外境的建设很容易，内心的动念更简单；但是消除外境较容易，清除内心的境界却很困难。所以，随着境界不断改变，凡夫习气长年累月堆积，生生世世复制着烦恼。

然而，只要下定决心，没有克服不了的困难。就像在公共场所做清洁工作，不断有人群制造垃圾，但无论环境如何脏乱，只要随时拿起扫帚清扫，终能回复清净。扫地、扫地、扫心地，不扫心地空扫地；外在的境界能通过人为的努力改善，心灵的境界也须不断清理，要把握有限的生命，消除习气，行善造福。

善解除瞋毒

人心有五种毒素——贪、瞋、痴、慢、疑，尤以瞋毒为最，现在科学也证明，人若发脾气，体内会产生毒素。

有句话说："一念无明生三细，境界为缘长六粗。"即是指眼、耳、鼻、舌、身、意六根，与外面的尘境接触后，内心会产生不同感受，若起无明就会生烦恼。比如眼睛看到互相喜欢的人，彼此都很欢喜；但若是相互怨恨的人相聚，却起不了欢喜心，反而会心生烦恼。

人的寿命实在短暂，应该以欢喜心面对感受的境界，时时善解。能培养善解的心，就不易为境所转而随便发脾气。日常生活中，要将一切事情简单化，在人与人间善解、包容，踏踏实实于每一个时刻，发挥大爱为人群付出，如此，"做，就对了！"

所谓"灯塔之下最黑暗"，很多人对别人付出爱心及善解，很容易；但要善解、爱自己的家人，就比较困难。内心的一盏灯，不只照亮别人，还要照亮自己的家人，这样的心灵一定很健康，这样的家庭一定很幸福。

行善赚心安

有人问："是否行善就不会受灾?"看看我,也很努力做好事,但为何总是药不离身?其实行善是本分事,遭遇障碍,则是与生俱来的业力使然。业缘成熟需要时间,如果现在行善,即刻就会赚大钱、不生病,应该早就人人行善了。所以,并非此刻行善,就不会发生不好的事;但若常行善事,可以赚到"心安",是很欢喜的踏实感。

就如我每天行程安排满档,一早看到预订行程,心里难免觉得:"好疲倦啊!"但奇怪的是,一进入安排的会面或会议中,就欲罢不能,完全忘记疲倦。天天周而复始,说不累是骗人的,但在疲倦中,觉得很有成就感与踏实感。也正因如此,点点滴滴地付出时间,总是感觉人生没有空过,心中充满感恩。

照顾好"八识田"

应常提醒自己要好好利用这一世，照顾好"八识田"，将好缘、好事及欢喜、感恩、大爱的种子，时时纳入八识田中，排除恶言、恶形、恶缘及埋怨、生气等不好的种子。

当与结好缘者见面，彼此会很投缘，不必多加言语，即能有默契地合作共事。反之，如果与人结下恶缘，留下怨恨的种子，将来再见面时，这些恶缘就会形成障碍。

每个人天天种因，也天天结缘，在人与人之间，要自我期许做个"是非止于智者"的人，若是非传到我们这里，不要再到处散播；见到别人有争端，要做别人和好的桥梁，努力协调人事而非障碍人事。平常要多用心，退一步海阔天空，让一步诸事圆融。

莫养黑白无明鼠

无明就像老鼠，有黑、白两只，白老鼠在白天活动，黑老鼠在夜晚出没，日夜轮流啮咬、吞噬我们的善根，这就是烦恼。无明老鼠从哪里来？从我们的心。

无明的"贪"会吞噬布施的心念，"瞋"会吞噬慈悲的想法，"痴"会吞噬敏睿的智慧。心中若有贪、瞋、痴，爱心及智慧都会被抹杀，因此，绝对不要在自己的内心养老鼠。

一念善起，一切恶灭；一念恶起，无量善灭。善与恶也像昼与夜，白天来，夜晚就消失；夜幕降临，白天也就无踪迹了。白天太阳升起，为大地带来光与热，所以佛教习惯用太阳代表智慧；夜晚虽然黯淡，不过天空还有明亮的月，散发着柔和光芒，因此佛教常以月亮比喻慈悲的爱。

现代科技已发展到利用太阳能，可将日光能量储存起来，待夜晚应用。同样的，我们在白天面对很多的人事物，就好比在吸收如同日光一样的智慧能量，吸收后，就能运用智慧面对人事，这也是"不经一事，不长一智"的道理。

　　白天吸收智慧，晚上就要自我反省，今天有没有把人事当作是非？有没有把烦恼放在心里？常常这样思考，心中的明月才不会被人我是非的乌云遮住，能保持原有的光亮。

"没有你们不行！"

　　莫心存"没有我也不要紧"的观念，应该抱着"不能少我一人"的奉献心态，才会有服务热忱；不仅"不能少我一人"，更要"不能缺少周围每一个人"，才不会自以为了不起，而膨胀自己、无法容人，最后亦遭人排斥。反之，如果抱持"没有你们不行"的想法，就会缩小自己，如此自然天开地阔，别人心中也都会有你存在。

　　唯有谦卑的人，才能进入别人的瞳孔，钻进人的心里，令人欢欣，这就是待人处事的秘诀。若能如此，虽然工作忙碌、身体疲累，每天也能很快乐。

堪忍任事

处世之道，在于与人、与事、与世皆无争，不论面对任何境界，都必须一忍再忍，安守本分做好该做的事，使心境达到处之泰然的地步。

其实，"忍"的功夫就是一把刀插在心上！但是，如果没有忍的心志，任何事都做不了。所以，带动人心走向理想，必须堪忍任事，应用心思考，以什么方法才可以圆融地负起责任？若对方能接受，要为对方高兴，因为他的慧命成长了；若对方不接受，就当成是在磨练耐心，自勉再接再厉。

"做"出来的学问

欲净化人心，最重要的是走入人群去付出。当投入人群，可以看到真实的人生——原来不只自己遭受委屈，其实，还有人远较自己更不被尊重，承受的委屈更多。

不要成天往上比，又不断自我膨胀，这种人生很痛苦；就像眼睛经常往上看容易疲倦，不如向下垂视比较舒服。自我膨胀的人不会被人接受，应该勇于缩小自己，钻入人心而无障碍，如此才能真正影响别人。

经由付出，阅历真实人生，得到的启示便能运用在日常生活，甚至成为自己的座右铭，深印心版，无论走到哪里，都能与人分享心得，这就是"学问"。

学问并非以假设的构思来累积，这种学问只是"一篇"道理，真正遇到人事却行不通。必须从人与事当中去体会道理，遇到事情立刻把阅历所得的学问及时运用，才真正是自己的智慧、学问。大家都能够"做"出学问，就看自己愿不愿意！

运转心中的爱

　　有的人很能干，但也很强势，因为太膨胀自己，常常炫耀自我的能力，做起事情无法得人心。人，没有谁是最厉害的，一个人再有才干，若不得人心，即无法合众人之力成事。

　　人与人之间一定要和，"家和万事兴，气和万事成。"全家人的情感能够很和睦，就算清寒，也能欢喜度日；团体中人人和气相处，绝对没有做不成的事。

　　我们要缩小自己，若能够让个人、家庭、社会，一切都调和，团结爱的力量，事事以人为本，疼惜彼此也疼惜大地，所做的一切就不会违反天地之理。

　　因缘环环相扣，只要能运转心中的爱，自然可以启发人人打开心门。爱心启发了，就能发挥强大的力量。

要禁得起人生四季

如何能得到幸福人生、祥和社会与和平的世界？关键全在于"心"——心中要保有清净、觉悟的情。人生最无常的就是心，最苦是因心中产生恶念，一念差而步步错，造成悲惨人生。所以不论环境有多恶劣，都要守住本分，心平气和地付出良能。

面对人生的考验，犹如生活在大地上，要禁得起春、夏、秋、冬四季的变化。春天凉爽宜人，有如人生的顺境；夏天炎热，不妨以清凉的心来面对；秋风萧瑟，要让心境如同明月般开朗明亮；冬天严寒，则要使心境如春阳一样温暖。

面对各种境界考验，要冷静、安心、宽心；心中只有爱、恩、情，而没有恨、怨、仇。

培养爱心，才能消除贫乏的心态。"爱"就是"菩萨心"，菩萨心中没有怨恨，即使有人表达不满甚至毁谤陷害，心仍保持平和，并且愿意帮助对自己不友善的人。倘若人人都具有菩萨心，世间还有什么怨、恨、仇？又怎会有敌对状态？

困难在别人，障碍在自己

人生贵在坚持理想，即使人人都说困难重重，但若自己有信心，则有何困难可言？最怕的是自己障碍自己。

除了逆境的障碍，还有顺境的障碍。何为顺境的障碍？如他人以名利、权势来引诱，若随着欲念而去，使自己的理想从此埋没，这就是顺境障碍。若自己有心突破障碍，不为名利地位所动，自然不会因而左右为难，甚至违逆初衷。

凡做事者，都会历经困难与诱惑，端看自己是否有决心突破困难，是否有毅力坚持本愿；困难在别人，障碍在自己，只要自己有信心，就能坚定地朝着理想努力向前。

是谁磨谁？

人与人之间，不要认为谁在磨我们，说不定是我们在磨别人。心若不单纯，过于自我膨涨，永远认为只有"我对"，总是要别人听从自己，当人我意见不同时，有时就会钻牛角尖地认为被别人轻视。

以合作除草为例，心若不单纯，光是该从哪里开始拔草，就会起争执。其实没什么好争的，无论从哪里开始，最后的结果，一样是全部拔干净了，问题只出在："为什么要听你的？"这就是一个烦恼，造成彼此声色不好。

修行不离生活、人群，要从日常生活、从人与人之间学习，能够修到谦和宽柔，心念不被对方的表情、声音影响，这才算是真修行。

在苦中向善

生命旅程中，会遭逢许多刻骨铭心的苦，包括天灾、人祸、贫穷、疾病、艰困等，但这些只是身外之苦，最折磨人的还是心灵烦恼之苦。

每个人这一生中所作所为、所历经的一切，都是在铺未来的路。要知道娑婆世界本就是堪忍世界，如果在苦中又造苦因，将来一定再结苦果。所以，现在如果遭受困苦，应该坦然接受，并自勉往善的方向努力，不要埋怨、计较，否则，将苦苦相连无了时。

心宽念纯的人，心宅宽大，包容天地万物，能舍也能随喜。舍除一切执著，无忧无求；看到他人得好名声、受人肯定，亦随喜赞叹。如此随遇而安、逍遥自在，是最有福、最有智慧的人生。

猜测别人，不如改变自己

人际往来是否能和谐？与彼此的缘分有关；而缘要自己结，须广结好缘。

常说："无心伤人的人，尚可原谅，有心接受伤害的人，就不可原谅了。"傻人有福啊！心思不要太敏感，不要去猜测复杂的人事。与其将精力放在猜测别人，不如想办法改变自己。

桥不会弯，是船必须转弯；不要想改变别人，是自己要转变观念。有时对方只是无心之语，应开阔自己的心胸，宏观看事情，将内心清洗得如干净、明亮的镜子。莫将人我是非放在心里，不要让自己的心戴上墨镜，被无明的黑暗遮挡住智慧的心眼，才不会被事相、烦恼缠缚。

转念过关

快乐不在于身体健康与否，最重要的是心灵。即使身体有病，心理不要跟着生病，要透彻"人生无常"的道理，拥有一天的快乐，就是一天的幸福。

有的人虽然身体健康，却活得很痛苦，人生关卡过不去，遂自我伤害，甚至伤及亲友，造成社会不安。人世间很多不幸，是因为与自己的心过不去所致；所以，若发生事故，必须自我调适。

许多人碰到困难时，并不怨天恨地，而是调适心灵，放开心胸，走入医院、学校、监狱，去当志工或现身说法，反而因此带动很多人提起生命奋发的意志，这就叫做"以身示教"，值得学习。

对于身体的病痛，要能转换念头，莫执著于病情而陷入愁苦之地。事情遇到了，要学习转变观念、调适心态。观念与心态能转过来，就能天天过得快乐而踏实。

透视心灵病毒

习气不同，各如其面。众生清净本性被无明烦恼覆盖，又感染到各种心灵病毒，显现出来的行为、习气、病态，便各不相同。

他人只是轻轻说了一句话，却让这句话进入自己的心，不论引起欢喜或埋怨，都是病毒。因为令自己欢喜的，就会执著，最后变成执迷不悟，一直期待他人对自己说好话。甚至会想："我做好事，为何没有为我鼓掌?"执著于要人夸赞，这是不对的心态。

或是听人说了一句话，即记恨、埋怨，也会累积成是非烦恼。有朝一日再看到这个人，不仅心里不欢喜，还会对他表现出不好的态度，或是故意冒犯他，这都是病毒。

外面的境界——无论是话语或环境，只要会让人生起欢喜、烦恼、生气等种种感觉，无不是心灵的烦恼，都是心灵的病毒。不论是怨、恨、爱、欲，种种复杂的心情，都不要常常放在心中。

修行就是要预防心灵病毒。任何境界现前，自己要能过滤，过滤之后，什么是应该做的，认真去做就对了；什么是不应该做的，就绝对不要做。

莫让慧命残障

平常说话要小心，避免在不知不觉中伤人。听话时也要宽心、善解，即使别人有意伤害，听者假如心宽念纯能善解，所有言语从耳朵进到心里，都可以转化成感恩、善解、包容的法，烦恼就不会入心。

大家要会"听话"，不要只记得负面的言语，徒然滋长烦恼与仇恨。能够将所听到的话都转成法，则每一句都对自己有益；心境转，外境也会变好。

人的身体失去功能，是肢体残障；不好好照顾自己的心，等于是慧命残障。守好自己的心，努力去除习气让慧命成长，千万不要让慧命残障了！

第七章

发露忏悔

回头看自己

每个人都在人生舞台上扮演各种角色，但"当局者迷，旁观者清"，当观众才能看得比较清楚，所以常常得等到跳脱出来，回头看自己扮演的角色，才知道那样的态度，不但自己厌恶，也令人嫌弃，便会幡然求忏悔。

懂得自爱的人就有希望，因此，要时常反省，才能跳脱自己的角色，真正看清楚好坏。若能懂得跳脱，懂得反观自己，并与旁观者共同分析，则会更清楚彼此之间的角色扮演。

擦拭心镜

在人我之间，有时是非不分或欲心深重，也可能因别人无心的言语动作，徒添心灵烦恼，其实关键都在于自己的心镜不明。所以，要以忏悔心将心镜擦拭干净，清除过去的心灵污垢，洗涤过去的不愉快，从现在开始，建立明亮的、全新的人生。

常有人说："师父刚才说的，就是我的毛病。"我会回答："恭喜你能知道自己的错误，懂得忏悔、反省，知过就能改。"期待人人每天自我反省、改正错误，好好把握住时间，让慧命成长。

掩饰罪行是卑劣慢

真正的忏悔，是人对人的忏悔。《心地观经》中说："若覆藏罪者，罪即增长。"做错事还企图掩饰，这是"烦恼覆藏"，因为怕别人知道会看不起自己，而掩饰罪行的心态，就是"卑劣慢"。

其实，有了错误，应该勇敢地向众人现身说法，让大家引以为惕，这就是"发露忏悔"。发露忏悔，罪可消除；若是覆藏，罪会增长。

漏气求进步

人生无法十全十美，所以常说要"漏气求进步"。不要怕漏气，真诚忏悔则清净，否则人生不断造恶，一直往后退，就会愈走愈危险。

凡夫迷茫无明，不清楚自己到底要走什么样的路。若能有志一同行菩萨道，大家一起用爱铺路，边走边相互提醒调整脚步，便可以成就浩荡长的队伍，走出宽敞的正道。既有前人铺路，后人紧紧跟随，也就不会偏差、犯错了。

不包藏瑕疵，不覆藏过失

清水可以洗涤垢秽，忏悔则可以洗除无明。众生常记得自己做过的好事，但如果做错事，不是说"那是不小心的"，就是说"我不是故意的"，毫无忏悔之心，此即无明。

若总认为，是别人对不起我，我没有对不起人；是别人对我不好，我都没有对人不好，这种心态就是"包藏瑕疵"。这样的烦恼一点一滴累积起来，瑕疵会愈来愈多；覆藏过错，更会使人"长沦苦海"。

要时时自我警惕、忏悔，过去做过哪些错事，应该勇敢地当众发露；如果曾经伤害过人，赶紧去赔罪，解开彼此的心结。不断反省自己的缺点，不包藏瑕疵，不覆藏过失，才会进步。

冷静思过

　　人生本就是坎坎坷坷，总要坚强走过。人人须善尽本分，时刻反省，若自觉人生有所偏差或亏欠，就要及时回头，不要深陷其中难以自拔。就如走路曾踢到石头，下次要更加谨慎小心，莫因不留心而再次踢到石头。

　　"人生最大的惩罚是后悔"，不只做错事会后悔，虚度光阴、错失良缘，也会后悔！若不能好好反省思过，便容易受外境刺激而轻举妄动。

　　人要懂得保护自己不犯错，一旦发现犯错，应该先把心平静下来，冷静思过并接受惩罚，这才是真正忏悔的人生。

　　人不怕错，只怕不改过，忏悔即清净。尽管过去犯下过错，在发露忏悔之后，不再走回头路，即能踏上光明的道路，勇往直前。

法水长流心

　　好话，除了要常对人说，更要运用在自己身上，而非当成标语背诵。法譬如水，要让法水入心，常常警惕自己的起心动念是否有偏差？若警觉到有一念不轨，要马上忏悔，避免再做错事。常生忏悔心，念念连接，犹如一股清水长流于心，自然能随时洗清心灵污垢，不再起心动念造恶业。

　　犯了错，后悔无济于事，决心改往修来，才能重建美好人生。所谓"忏悔即清净"，并不是只要忏悔就足够，已经犯下的过错，即使忏悔也无法消除；除了"悔过"，更要"修来"，赶紧认错、改过不再犯，止息恶念恶行，这才是真忏悔，才能身心清净。

守好单纯的心

什么是"罪"？有意去害人就是罪。什么是"愆"？无心的过失即为愆。众生累生累世不断为无明覆蔽，在有意无意间犯下罪愆，即使犯错也不自知。

无明皆起于烦恼，种种烦恼则源于内心的观念。为人不能疏忽心念，一念心虽然会产生八万四千烦恼，但只要守好单纯的心，就可以消除复杂的烦恼；无明不起，自然就不会造作罪愆。

自我革心

面对世间四大不调的灾难，应该深刻反省，大环境正严格地教诫着人们，必须痛定思痛，起大忏悔之心。佛典记载，在坏劫时代，众生所居住的"器世间"，会被大水、大火、大风摧毁一空。而佛陀也提到，在大灾难摧毁世界之时，会有极少部分的人幸存，这少部分人起大忏悔心，改恶向善，世间又会慢慢恢复文明。

起大忏悔心，是"自我革心"，也就是净化心灵。忏悔即是洗心，让心地净化，重新再生。因起忏悔心，更懂得感恩、彼此互爱；人人互爱、有情，才能让世间恢复生机。

不要推给明天

　　有错必须及时改过，不要认为："我听懂了，我知道了，我也会改，但要慢慢来。"如果心里存有"慢慢来"的想法，就不会再进步。应警醒人生无常，今日不知来日事，要改就要及时改。

　　一般人都认为"今天过去了，还有明天，明天又是新的一天"，意即永远都有希望；但若以"我还有明天"而自我懈怠，把任何事都推给明天，不积极改除习气，总认为明天再改也不迟；一天拖过一天的结果，"如是因，如是果"，福缘不成，恶缘却愈积愈多，自然造成前进的障碍。

敞开心门悔过

众生顽钝、刚强，来自过去的无明累积，以致愚昧迷惘，需要有人接引，否则一直沉沦，不断恶性循环，将苦不堪言。

真心忏悔就得不隐瞒。许多人都明白道理，只是一时想不开，做错事；言行若有偏差，如能对比较投缘的人倾吐，表示悔过，对方就会设法帮忙修正，这也是发露忏悔。敞开心门，让别人有机会提醒自己，如此才能消除烦恼的缠缚。

克服最难的点

　　人人都有习气，即使平常能缩小自己，在面临某种情境时，却会不由自主地膨胀起来，这就是习气使然。修行，即是针对不自觉会现形的那点习气，下决心改正过来。

　　以家庭为例，有些太太很在意先生，会特别与他计较，但与外人却能和合相处。又如青少年参加慈善活动，会很乖巧地为原不相识的阿公阿嬷（爷爷奶奶）服务；但是回家后，却未必能以同样的心来孝顺至亲的父母，反而认为父母对自己好是应该的，这些都是习气。

　　虽说"习气难改"，然而修行，就是要针对自己难以突破之处，勇于改进。若百分之八十的习气都去除了，可称得上是"优等生"；但就"清净本性"来说，八十分的成绩尚且不足，应精进再精进，努力戒除最难克服的点，直至一切皆圆满。

圣人是心转境

人生无常，时间无影无踪地流失，生命也点点滴滴地消逝，虽知该分秒精进，也曾如此发愿立志，但若没有真正做到，永远都只是一个苦恼的凡夫啊！

常有人对我说："师父说的道理我都听得懂，也知道自己的脾气很不好，但是一时要改，哪有这么简单？"这就是凡夫心，明知自己错误何在，却没有改过的决心。其实只要真正肯改，有那么困难吗？

如果有不好的习惯，不可认为"反正已成习惯了"，就不想去改；也不能以为"要改习惯很难"，就懈怠放逸。圣人是心转境，凡夫是境转心，一切端视自己的心。

常起惭愧心

惭愧，是自认德学浅陋，常怀惭念而生善；己恶受人讥评，生愧疚心而止恶。待人接物，要常起惭愧心——惭自己、愧他人。

看到别人的优点，应该由衷欢喜赞叹，并且自我虚心检讨，自惭所学不足、修为不够，自然能生起精进心；若好强争胜，认为"这不算什么，我也做得到"，就无法见贤思齐。对于自己的过错，以愧悔之心深自反省，心有愧，知廉耻，自然能改正错误，修除习气，不再犯过。

有惭愧心，才能修善、止恶，守护身心清净，成长慧命。

为善是本分，离恶是规矩

凡夫经常犯错，是因为心存侥幸，认为：犯一点点小错没关系，我不怕！要知道，"莫以恶小而为之"，小恶积久了也会成大恶。

更不要认为只是做一点小善，不会有什么功德，若是有这种计算得失的心态，就会错失很多可以造福的机会；所以，一点点的福也要把握，"莫以善小而不为"。

尽心为善是人生的本分，远离罪恶是人生的规矩，若大家都能守本分、知规矩，人人都能为善、去恶，社会就会一片祥和。

共行大忏悔

　　过去数十年来，许多先进国家为了人民的生活享受，大肆发展工商业，不断设立核能电厂、炼油厂等等，却也埋下许多危险因子。由于人类的贪婪，为谋求利益而不惜一切，既选择了"利"，图利到了极端，"害"即接踵而来，以致天地告急，灾难愈多、愈严重，环境愈益崩坏。

　　许多事虽非人力能阻止，却唯有人能缓和事态恶化；若人人持斋戒、大忏悔，改变享乐的生活观念，养成俭朴的生活习惯，莫认为"不差我一个人"而放纵自己，学习佛典故事中，小麻雀拍翅沾水欲扑灭森林大火的诚心，相信就能感动天地，转危为安。

静思成长中的过错

　　忏悔反省，可从现在一直回溯到幼年，因为每个人在成长过程中，难免懵懂犯错、自伤伤人。

　　若静下心来思考，会想起许多小过错，或许曾在无意间得罪了人、伤害了人；或是"言者无心，听者有意"，是自己钻牛角尖，总以为别人有意伤害自己。其实，"无心"伤人倒是可以原谅，"有意"接受伤害，则真的要忏悔；但无论是无心或有意，伤人或受伤，皆因习气使然，双方都要深刻反省，彼此提醒，弥补过失，转恶缘为善缘。

由近及远，层层反思

世间谁能无过，谁能无错？需要细细思维。对于亲属家人，要反省自己是否对父母尽到孝道？从自己对父母的态度，再想到自己与兄弟姊妹的相处是否和睦？对子女后辈能否以身作则？必须自我要求能做到：对上有孝，对平辈尊重，对子女有爱。

如此由近而远，一层一层反省思维，就像滴水起涟漪，涟漪一圈一圈不断开阔。在家庭里，在社会上，要省思待人处事之间，有否失去做人的本分？有缺失与尚未做到的，要及时改正与付出；能够明辨是非，善尽本分，才不容易犯错。

第八章

虔诚祈祷

爱的声波共振

世间多灾难，总是令人感到沉痛。如何能消弭这些灾难？唯有启发人心最深处的爱；而虔诚祈祷，是启发这分爱的好方法。慈济长年推动"爱洒人间"，无论在社区的大型祈福会或居家的小型茶会，都会带动大家静下心，用虔诚的心来祈祷。

祈祷是一种至诚戒慎的"声波"共振。大众共同虔诚祈祷，就能相互感动，彼此启动爱心善念，效用很大。爱的声波嘹亮，遍满虚空，能增添人间的信心和力量；善的声波宏大，回荡在宇宙间，能化解世间的浊气和灾难。

结成善的法界

　　诸多苦难人在困境中煎熬，度秒如年，令人不舍。平安有福的人，除了付出直接的援助，还可以有另一种关怀方式，就是诚心祈愿。

　　祈祷时，不论信仰任何宗教，都要唱出心里的那分善念，在虚空中结成善的法界，让善的、美的气流冲散暴力戾气。大宇宙是一个生命共同体，人人从自己开始改造，让心中充满善心悲愿，就可影响整个大宇宙，让宇宙充溢一股善的气流。

向内祈求善念

"一善破千灾"的"一善"，并非指一个人的善心就可以破除千灾。对个人来说，一念善心起，可以破除一己的灾难。然而对社会、人间而言，唯有带动人人、家家及乡里居民的善念，汇聚众善为一大善，方可消弭举世灾难。

慈济的"爱洒人间"是启动悲心，必须永远推动，因为有些人信仰久了容易麻木，会失去虔诚心，每天祈祷就是向内心祈求善念，每天祈祷就是天天自我提醒，这是很重要的。

在这举世充满浊气之际，当务之急就是开启人人心中那分善心。其实人人本具善心，只是要给予动力才能开启，这股动力就是悲愿——悲心的愿力。有善心未必会去造福，善心须靠愿力来推动，所以说"有心就有福，有愿就有力"，善念悲愿合一，才能有福又有力。

清净的虔诚心

战乱之地，人民流离失所，不得已逃难到他方，成为异域难民，实在情何以堪，令人深感不舍。然而，对于无法阻止、已经发生的灾难，担心不如关心，关心不如爱洒人间、虔诚祈祷，同时要付出爱心，积极去做善事。

爱必须由内心启发出来，所以要虔诚祈祷，真正的虔诚是与自己的清净本性结合，才能产生力量。清净本性是无私无求，以出自本性的虔诚心，用关怀而祥和的心情祈祷，祈祷战争快快平息，让已受灾难的人，能立刻得到帮助。

为了让力量更大，必须启发人人的爱心，爱心虽然无形，但是被启发之后，人们会付出有形的物资，集合这些爱的物资，就可以帮助难民复建家园。

引发祥和效应

头顶同一片天，脚踏同一片地，地球上的所有生命，都是共同体；若有人不断增强负面声浪，所处的地方就危机重重，个人也不会安全。

常感觉到"来不及"，是因为温和的声音太微弱了。不过尽管声音微弱，只要有更多人用温和的方式，虔诚启发大众的爱心，还是会产生效应。我们不要怕力量小，不要怕声音微弱，只要响应的人多，而且能天天持续，多尽一分力，总会带动善的效应。

请大家每天祈祷，并在小区推动"爱洒人间"，落实在家庭、社区，落实在自己的心里。在祈祷时，若只是听着所播放的歌曲，心难以投入；虔诚的心意要藉由从口发出声音来表达，所以一定要开口唱，虔诚的声音才能上达诸佛听。

期待大家每天爱洒人间，先从家庭开始，启发家人的悲悯心，一起虔诚祈祷天下无灾无难。然后由家庭推广至社区，乃至连贯到整个社会，让家家户户都能发出祈祷祝福的祥和声音，当人人这一分虔诚的心合在一起，就是"祥和效应"。

诚心祈三愿

再大的天灾，终有被爱肤慰平息的时候；但若人心不调，心灵起灾难，彼此侵略、争夺，战争的劫难将永无平息之日。

所以，慈济人总是以最虔诚的心祈祷，"一愿天下无灾无难无嚎声"，只要没有战乱，便不会有因战乱而发出的哀号声。把孩子送上战地，哪一位父母愿意呢？万一发生不幸，又有哪一位父母不心疼？不论是被轰炸地方的无辜百姓，或是被派上战场的军人，都会发出哀号，这就是战争的嚎声。

"二愿社会祥和息灭纷争"，我们期待社会人心天天喜乐，大家携手迈向福慧路。唯有社会祥和，个人才有机会发挥智慧，造福人间。

"三愿人心净化似清晨"，期待人人点亮心灯，让黑暗变光明，转黑暗的恐惧为祥和的美景。我们应该提起悲心，不要只是哀凄，更要乐观起来，因为前方仍有无限的希望。

不论信仰什么宗教，期待大家一起来祈愿，但愿每个人的虔诚心念，都能上达天听，上达佛听。

超越战争，平抚人心

战争的破坏性强大，让许多无辜百姓身陷悲惨境遇，而这一切，只是源自极少数人因贪念起瞋心，当所贪求的得不到，就生起瞋怒，燃起战火。

贪与瞋又从何而生？是从痴而起。因为无明，才会兴起是非，小者扰及个人，大者动乱天下。除了无明之外，另一个原因是无知，少数人的无知、盲从，也会引发群众的不安。

相对于战争，也有反战声浪，其原意是诉求和平。但一些反战示威游行，因为很多人聚集，容易失控，形成群众和维持秩序的警察对立，因此衍生另一波争端。当战争已经发生，大家不只反战争，更应超越战争，也就是用爱、用善来安抚人心。此时需要人人一起虔诚祈求和平，唯有用和平的方式，才能平息激烈的声浪，带来和平。

战争会带给人民无尽的苦难，深切期盼经由虔诚的祈祷，让彼此对立的执政者心态转变，能怜悯无辜的生命，能保护大地和人类的生命。但愿这股祥和、平和的声波，能更浩大、更聚集，以冲淡一波波呐喊的、厮杀的声音。

念念都为苍生

见到天下多灾多难，要常自我省思，在身、口、意是否有过错？面对人间事物，应静心反思，一天有几次发好心、立好愿？一天有几次起心动念，在人我间计较、埋怨？连微细的念头都要谨慎，时时自我省思。

当今天下，灾难愈来愈多，愈来愈严重，只有少数人发好愿，无法救助众生，必须合众力以成。

每天虔诚祈祷，比每年农历七月做一次"普度"更有功德，而且省下买供品及烧纸钱的开销，可以转用于救济贫苦，真正是福慧双修。

每天的祈祷，不只是用口念，一定要用心念，必须分分秒秒戒慎虔诚。虽然难以在短时间内，就使心念毫无差错，但也要让恶心恶念不断减少，直到每一个心念都是为天下苍生。个人事小，天下众生事大，要打开心门、心包太虚，如此才能真正群策群力，造福人间。

负起自我净化之责

多年来，我皆发同样的志愿——不求身体健康，只求精神敏睿；不求事事如意，只求毅力勇气；不求减轻责任，只求增加力量。年年祈求三愿，只希望——人心净化、社会祥和、天下无灾难。

普天之下灾难偏多，何时才能消灾无难？如果今日不能成愿，明天继续；今年不成，明年持续，愿尽此生所有的日子在人间行愿。切莫灰心，发心不能中断，一定要持之以恒。

凡夫心容易受污染，产生诸多烦恼，彼此争斗、互不相容，造成社会动乱。然而，过去的一切已无法挽回，所以此时必须赶紧立志发愿，把握当下每分每秒尽力付出，才能在未来完成志愿。

不要认为自己只是平凡人，对世间不会产生多大影响，要知道，每一个人都身负自我净化之责。净化人心须从自己做起，因为先自我净化，才能净化他人，人人都应借着无形的"心灵建设"，启发更多人的良知与爱心，来成就各项有形的建设，帮助更多众生，促进社会祥和，天下才能太平！

共成社会福祉

佛教说"福慧双修"，很少说"慧福双修"，因为要走入人群先造福，才能在人与人之间成长智慧。

人生要把握刹那，及时立下善愿，发愿后要即刻实践，这就是立愿行持。同时，要感恩在前面开路的人，以后自己也要继续为别人开拓下去，因为人生最美的是善的循环、感恩的循环。

"一念恶起，万善灭除；一念善生，诸恶灭除"，在每一个时刻，都要相互提醒守好心念，人人各安其位，各自发挥良能，使民心安定，成就社会福祉。

心念平静生虔敬

人祸由心而起，心念不平衡，就容易造成悲剧，小者形成人我是非，大者甚至扰乱国家安危。所以，欲求生活平安，唯有人人多发善愿，多做好事。

发愿不能只是一时之虔诚，而是在日常生活中时时恒持。真正的虔诚发自内心，心念平静，才能生出一分虔敬。能讲好话、做好事、走好路，身、口、意皆往好的方向去做，就是最恳切的虔诚。

人心欲望无穷，所以烦恼不断，想要解脱烦恼系缚，唯有提起更大的决心与毅力来净化人心，让爱的力量丰沛，使社会安定祥和。

当下行愿

　　每见灾难发生，总想到佛经所说，"世间无常，国土危脆"，灾民辛苦建立的家园，瞬间毁于一旦，要恢复原貌，得花多少时间啊！但是，念头随即一转，不必去想还有多久才能让灾区复原，只要想着把握现在，赶快去做就对了！

　　既已发大心、立大愿，则当下做得到的事，就要立即实行，否则无常一来，错过因缘，就不知何时再有机会可以做。

　　常说，能做得到，就要感恩：感恩今日平安，身体健康，心愿能够完成。已遇因缘，就要抱着感恩心，在能做之时赶快付出，使自己因为充满爱心而成为幸福之人。

转妙法轮

常说"有愿就有力"，总是要发大愿，才会得到大力量，并以此因缘来成就大志业。做事时则要"尽心随力"，用心设想周到，之后则随顺因缘，有多少力就做多少事。

因缘来时，要及时把握，脚踏实地去做，才不会辜负因缘。然而凡事若都要做到符合自己的理想，并不简单，所以，但求尽心尽力，化繁为简，守在自己的岗位，发挥自己的良能。

心拥有巨大的动力，只要有善念、爱心的带动，善的循环自然会源源不断，这就是"转妙法轮"。爱之轮转动，心轮就会转动，天下无难事，不用害怕力量小，就怕不肯发心做，只要有心，没有什么事做不成！

为自己"放人生"

人，都不知自己此生如何而来，也无从选择。有人一生享福，常得好缘来聚，生活如意；有人则一出世，就生活在不好的环境中，事事不顺心。

人人都不希望过艰苦的日子，但有谁能依自己的希望，选择父母及生长环境呢？任何人都无权自由选择。

人生本就有来有去，必须把握现在，不要太执著过去的事，而使自己心神混乱；要为自己"放人生"——放开心胸发善愿。

我们要发愿，永远做个乐于助人的人；今生就做好事，不必等到来生。既已发心救人，就要立定志愿，切勿再被社会环境诱引，否则又将迷茫地在"六道"中轮回，永无了时。

"舍我其谁" 的愿力

怀抱正确的心念并身体力行，人人都可以有无限的力量；但这一分心如果没有真正发挥力量，就仍只是一念心，此即有心没有愿。发心却无立愿，有爱心若没去做，其实都是空的。如果发了心又常半途而废，心愿怎能达成？所以要"把握当下、恒持刹那"。

"恒持刹那"尤其重要。发心很简单，但是发愿要做的这念心很短暂，如果能好好把握这一念心而不退转，那么再大的辛苦、负担，都不会退缩，也能"发心如初，成佛有余"。

每个人都应该立志、立愿，唯有爱心加上愿力，力量才能涌现。有心，又有愿力付诸行动，便能成就一切善事。若凡事都能当作本分事，秉持一分"舍我其谁"的愿力，则没有什么工作无法完成！

静心合十祈祷

祈祷是募心，不止于一时感动，更要长年累月保持下去。希望每天能有一个时刻，暂时放下事务，静心合十祈祷，将内心的虔诚表达于身形。

要长期培养这一分虔诚的心，莫认为"不差我一个人"，每人点滴的虔诚共聚，力量就大了。社会的祥和，要从个人的身、口、意开始做起；人人将身、口、意调伏得平静无波，不起动荡，社会自然安定、祥和。

汇聚纳米能量

人人都有其发心立志的方向，但唯有启发真诚的大爱，才能坚定立愿，勇往直前，恒不退转。

尽管人的心念如此微小，看不到、摸不着，若是人人都发好愿、说好话、做好事，把虔诚的心汇聚起来，这"纳米"般的精神和能量，也能够"心包太虚，量周沙界"，发挥大爱，普及天下苍生。

悲心共鸣，转祸为福

天地的大乾坤有温室效应，导致极端气候酿灾变；人人心地的小乾坤则有心室效应，将导致不同的社会气氛与行为。

常说，台湾似茫茫大海中的一艘船，也像河水中孤单随水漂流的一片落叶。一艘船在海面上，若海浪汹涌时可能将之吞没；叶子放在平静的水面上，只要丢下一颗石头，水面一波动，叶子也会摇荡。若人心贪欲重，相互欺诈斗争，就像浊气汇聚成浊流，会很令人担心。

现今世间已处于"坏劫"时期，饥荒、台风、水灾、山林大火、地震等频频发生，这些天然灾难很可怕。但是，社会动荡及武力攻击的人祸损害，影响更大，所以要加速提倡大爱！

一念心可以造天堂，也可以造地狱；可以让人成为人间菩萨，也可能成为人间的夜叉罗刹。但愿大家天天祈祷，以悲心共鸣让世间充满爱与明亮。只要共福业，就能转灾祸为平安。

心态影响生态，脾气影响天气

天地有生态，人心有心态；天地之间有天气，人与人之间有脾气。因为集聚了人人的坏脾气与恶念，大地宇宙的病态，实是难以避免。

人的心灵灾难，起于彼此之间相互发脾气，"心气"没有调好，天气怎么会顺畅？天气是大乾坤，人的脾气是小乾坤，个人虽然是小乾坤，众人合起来，也就成大乾坤了。众生凡夫观念所累积形成的心室效应，若浊气盛大，天下灾难偏多，就会造成世间的不宁；反之，若人人的爱心受启发，就能累积福气。

现今善、恶在拔河，善人愈多，善的力量就愈大。所以，要引导人心向善，先消除人类心灵的灾难，才能消除大地灾难。期待人人以虔诚的心，每天发愿做好事，为普天下的苦难众生付出一分力量。将这分造福的心日日提升，善念共合，为人类造福，减少灾难。

贪念缩到零，大爱遍虚空

世上有许多灾难，是因人心贪婪而造成，所以必须洗涤心灵的贪婪，把贪念缩小再缩小，缩到零点，让心中无贪念；还要把大爱扩大再扩大，扩大到遍满虚空，但愿虚空法界都有慈悲大爱。有福，才能消灾。福从何而来？就是要付出爱，分分秒秒、日日夜夜，都要为善积福，都要做好本分事。对人、对事，应该秉持戒慎虔诚的心态；对于天地，也要有虔诚敬重的爱。

常言道"积善之家有余庆"，为善积福，福气盛则无灾难。但愿人人做到"贪念缩小到零点，大爱扩大遍虚空"，让真正无私的大爱善行普遍全球，共聚福缘。

福是造来的

　　什么是祈福？用虔诚的心去付出，发挥爱心参与救人的行动，是最踏实的造福，也是最踏实的祈福。福，不是拜来或求来，而是造来的。平安的人才能救人，多造福就能日日平安，多造福就能减少灾难。

　　台湾是福地，有福的人很多，希望有福者再造福，让爱心动起来，大家一起关心普天下的苦难人。在不影响生活的情形下，救人的同时也能造福台湾，让台湾风调雨顺、国泰民安。

"甘"甜"愿"力

常说有志一同，意即人人皆有同样的志愿。志愿就是己心所发之愿，能将此心念转化为一股真正实践的力量，即是愿力。若以"甘愿做，欢喜受"的心来做利益众生之事，能发心如初，恒行当初以智慧所择取的人生方向，即使路途中会遇到诸多困难及挫折，亦能逐一克服。

历经很多波折仍不忘初发心，若非志愿坚切，真不容易！能包容许多事，也源于一个坚切的志愿。必须以"志愿"精神，才能突破种种困难；而且不论身体多么疲累或是心灵承负压力，因为有内心的甘甜愿力，故付出后能满心欢喜。

普愿众生皆成菩萨

慈济的情是长情，慈济的爱是大爱，这分开阔的心胸和大愿，即是"志玄虚漠"。

有句话说："我不入地狱，谁入地狱。"慈济人为救拔苦难，也总是发大愿、立大志，愈是有苦难众生的地方，愈是要去帮忙，就如地藏菩萨所发的大愿——"地狱不空，誓不成佛"。

祈愿普天下众生皆成菩萨，既是菩萨，就不会迷失本性而沦落地狱。如此一来，世间众生不再堕落，地狱受苦众生得救，地藏菩萨才不会很辛苦。当地藏菩萨将众生从地狱救来人间，而我们再将众生心灵往上提升，即可完成度化的责任。

图书在版编目（CIP）数据

年年三好三愿/释证严著.—上海：复旦大学出版社，2017.1
（证严上人著作·静思法脉丛书）
ISBN 978-7-309-12343-2

Ⅰ.年… Ⅱ.释… Ⅲ.小品文-作品集-中国-当代 Ⅳ.I267.3

中国版本图书馆 CIP 数据核字（2016）第 129847 号

慈济全球信息网：http://www.tzuchi.org.tw/
静思书轩网址：http://www.jingsi.com.tw/
苏州静思书轩：http://www.jingsi.js.cn/

原版权所有者：静思人文志业股份有限公司授权复旦大学出版社有限公司
出版发行简体字版

年年三好三愿
释证严 著
责任编辑/邵 丹

复旦大学出版社有限公司出版发行
上海市国权路 579 号 邮编：200433
网址：fupnet@fudanpress.com http://www.fudanpress.com
门市零售：86-21-65642857 团体订购：86-21-65118853
外埠邮购：86-21-65109143
上海丽佳制版印刷有限公司

开本 890×1240 1/32 印张 8 字数 117 千
2017 年 1 月第 1 版第 1 次印刷
印数 1—4 100

ISBN 978-7-309-12343-2/I·1003
定价：48.80 元